ZEIDE

CACO CIOCLER

ZEIDE

A TRAVESSIA DE UM JUDEU ENTRE NAÇÕES E GERAÇÕES

Planeta

Preparação: Fernanda Pantoja
Revisão: Opus editorial e Laura Folgueira
Diagramação: Abreu's System
Capa: Compañía
Imagem de capa: © Alinari Archives/CORBIS/Corbis via Getty Images

Dados Internacionais de Catalogação na Publicação (CIP)
Angélica Ilacqua CRB-8/7057

Ciocler, Caco
Zeide / Caco Ciocler. – São Paulo: Planeta do Brasil, 2017.

ISBN: 978-85-422-1139-9

1. Ficção brasileira 2. Judeus – História – Ficção I. Título.

17-1182 CDD B869.3

2017
Todos os direitos desta edição reservados à
EDITORA PLANETA DO BRASIL LTDA.
Rua Padre João Manuel, 100 – 21º andar
Ed. Horsa II – Cerqueira César
01411-000 – São Paulo-SP
www.planetadelivros.com.br
atendimento@editoraplaneta.com.br

“Ah, minha família, minha família dispersa
como aquela do hebreu...
No nome do pai, do filho (no meu nome)
ah, minha estirpe rompida –
minha lacerada tenda voada longe
com seu fogo e seu deus.”

GIORGIO CAPRONI

"A literatura e a linguagem
nunca teriam existido
se a primeira palavra do
mundo tivesse acertado."

Gonçalo M. Tavares

Para meu Zeide Sucher

I

É que toda quinta-feira o zeide vinha em casa.

Na terça ia na casa do tio Boris, mas na quinta vinha em casa.

O interfone, encolhido no detrás da porta, gritava de susto quando o seu Pedro, lá da portaria, levantava o pininho do 52 e apertava o botão verde do painel de comando. Isso sempre com a gente ainda no finalzinho da janta.

Era assim que começava.

Minha mãe se arrastava com a cadeira no arranhado já da lajota, levantava toda exibida da braveza e ia bufando até a cozinha desgrudar da parede a metade da porta caubói que escondia o esgoelante ali no fundo. Punha o coitado amassado na orelha, falava um "alô" malcriado, ouvia fazendo olhar de saco cheio e depois mandava que podia subir.

Meu pai ficava era sentado, de frente pra onde antes tinha minha mãe. A braveza dele, ia engolindo com café.

Minha irmã, não lembro.

Já eu descia do alto da cadeira sem nem precisar daquilo de me arrastar. Era só girar pro lado com a bunda e depois escorregar. Corria pro meu quarto e apagava o botão da luz.

De lá, do escuro, ouvia o motor do prédio puxando o zeide pra cima e depois o grito que dava pra morrer, fazendo parar no nosso quinto andar. A porta de dentro do elevador abria, depois a de fora. Aí vinha o "tec" da luz que acendia sozinha quando alguém se mexia e depois a campainha. A chave girando no segredo da fechadura, o trinco de rodar de cima, o trinco de rodar de baixo, a porta desgrudando da moldura da porta, o "oi" fino e esticado da vovó Pina, o "oi" tremido de falar e rir ao mesmo tempo do zeide, ele beijando a mezuzá, meu pai, depois minha vó beijando primeiro a mezuzá, depois meu pai...

Não ouvia ninguém beijando minha mãe.

Mas eles falavam "oi" também pra ela.

E ela respondia.

Eu ia pisando com a meia no macio bege do carpete até a beirinha do corredor que levava pra sala e pra cozinha. Botava o corpo todo de frente no gelado da parede, só a cara é que eu punha de lado, e depois ia rolando a cabeça pela testa, amassando mesmo o nariz, até conseguir ver a ponta do sofá comprido. Só com o olho de lá. O de cá eu deixava escondido. Com os dois abertos, ficava sem o zeide. Fechava então o secreto. Era lindo, ele.

Camisa marrom sempre clara, calça sempre marrom-escura, colete da mesma cor da calça, mas já sem o paletó e o chapéu. Se botasse uma perna em cima da outra, dava pra ver a meia preta esticadinha e, com sorte, um pedaço da perna branca com pintinha, mas sem pelo. Atrás, a cortinona parada. Por pouco que não era transparente. Ficava ali tentando esconder o janelão sempre fechado pro barulho e pro vento e pras luzes que acendiam ou apagavam no prédio colado de muro.

Espremido naquele frio de cimento, eu tinha que esperar o zeide olhar pro meu pai, que sentava no sofá do lado, o menor, pra poder correr e me esconder atrás da primeira cadeira da mesa de jantar. A mesa de jantar não era a mesa que a gente jantava. A gente jantava (e almoçava e tomava café) na mesa da copa, mas aquela mesa grandona da sala chamava mesa de jantar. Não era nem quadrada nem redonda. Falava "ovalada". Se prestasse bastante atenção dava pra ver uns furinhos de cupim, que meu pai já tinha matado com veneno. Eram bem fundos, os furinhos. Eu sei porque uma vez enfiei uma lasca de palito e ela foi quase até a metade. A cadeira da mesa de jantar era da mesma madeira que a da mesa, pra combinar, mas o lugar de sentar e o de encostar tinham uma almofada cor de vermelho veludo escuro. O pé era de metal brilhante. Descia todo grosso e junto e, quando quase chegava no chão, abria em quatro, um pra cada lado, pra equilibrar. Ali, eu ouvia o zeide perguntar pro meu pai se estava tudo bem e ele responder que sim. Depois ficavam quietos.

Nessa hora minha mãe já tinha ido pra cozinha desembrulhar do papel de alumínio que minha vó tivesse trazido pra sobremesa. Não sei por que sempre com tanto barulho.

Na verdade eu sei sim, era o jeito dela de dizer que não queria mais ter que servir chá toda quinta-feira, e aí batia com uma xícara na outra e depois as duas no pires e depois tudo na bandeja. Eu já tinha entendido isso, só não conseguia entender onde diabos minha mãe ia querer ficar toda quinta-feira que não ali, em casa, servindo chá pro meu zeide. E ficava com medo de ter pensado "onde diabos", porque sempre que eu pensava "onde diabos" sentia atrás de mim o diabo que vinha toda vez que eu ia jogar o lixo lá fora pra minha mãe e a luz da escadaria apagava sozinha, num "tec" ao contrário.

Minha irmã, eu não lembro onde sempre estava nessa hora.

Quando minha mãe vinha da cozinha, me via, não tinha jeito, porque a primeira cadeira ficava bem no caminho de quem volta pra sala, mas fingia que não. E fingia bem. Eu não gostava quando ela fazia aquilo. Era pro zeide não desconfiar, eu sei, mas não gostava mesmo assim. Ela andava até o sofá e colocava a bandeja na mesa baixinha, bem na frente, cheia de cinzeiro de vidro colorido que ninguém usava porque ninguém fumava. Era a hora de aproveitar pra passar pra segunda cadeira. Esse pedaço era fácil porque, como ninguém nunca usava aquela mesa também, elas dormiam empurradas pra dentro, eram dez bem juntinhas ali embaixo, e ainda tinha o pé grosso, o da mesa, de metal também, pra combinar. Era um muito bom esconderijo ali. O problema era depois, porque eu ia ter que chegar na poltrona quadrada. A poltrona quadrada era uma poltrona grandona, mas que servia pra sentar uma pessoa só. Só que ninguém nunca sentava na poltrona quadrada. Ficava meio de frente, meio de lado, meio solta no meio da sala. E não tinha nada entre a mesa de jantar e a maldita. Nada. Então, eu tinha que esperar começar um assunto bem demorado, um que fizesse o zeide ficar olhando bastante tempo pro meu pai, pra tentar conseguir. Só que sempre demorava pra começar um assunto demorado. E nunca era um tão demorado assim. Além de tudo isso, ainda tinha a pirâmide gigante de espelho com a samambaia em cima, no outro canto. Dava pra ver tudo por ali, pelo reflexo.

Quando finalmente começava um assunto que parecia que ia servir, eu ia engatinhando no piniquento do carpete o mais rápido que dava sem fazer barulho. Mesmo olhando sempre pra baixo, eu sabia que meu pai me via nessa hora, não tinha jeito. O sofá pequeno ficava bem de frente. Mas, como ele nunca falava nada nem nunca estragava nada, eu acho que também fingia, que nem minha mãe. Então eu fingia de volta que eu nem sabia.

Quando chegava atrás da poltrona, dava muita felicidade. Olhava lá longe no espelho e comemorava junto comigo a vitória. Depois tinha que esperar acalmar e me concentrar, porque faltava ainda o último pedaço. Era a parte mais perigosa porque era quando o zeide ficava mais perto de mim e eu dele. Mas também não era assim tão perigosa, porque o caminho até atrás do sofá comprido dele ficava muito de lado, então ele só ia me ver se virasse bastante a cabeça no pescoço, coisa que um zeide não conseguia muito. Mas já tinha acontecido. E era triste quando acontecia. Mas era melhor não ficar pensando nisso naquela hora.

Colocava a camisa do pijama pra dentro da calça, pra não ficar coçando depois, deitava de barriga e ia me arrastando devagar. A voz do zeide ficava cada vez mais perto e eu começava a sentir uma coisa esquisita no saco. Parecia frio, no saco, mas não era frio. Quanto mais perto ficava, mais dava esse negócio que depois ia aumentando e subindo pro pinto até virar uma aflição coceguenta, difícil de aguentar. Se conseguisse chegar, ficava agachado ali atrás e apertava o pinto com força, por cima mesmo do pijama. Mas sabia que aquilo só ia passar se eu fechasse o olho, contasse na cabeça até o "já", ficasse com coragem de pé, segurasse a cabeça do zeide com as duas mãos e tascasse nele um beijo na careca.

E gritasse.

Eu não queria gritar, mas saía.

Ele se assustava, bem menos do que eu achava que ia se assustar, olhava pra trás pra ver quem era que tinha feito aquilo e, quando via que era eu, ficava feliz.

Aí gargalhava e me puxava pro colo por cima mesmo do encosto do sofá e me enchia de beijo e de cócegas. Depois parava e me segurava bem de frente. Com as duas mãos. Olhava demorado pra mim com aquele olho de azul brilhante e, tremendo um pouco que nem tremem um pouco os zeides, falava rindo com seu sotaquinho: “Meu neto!”.

II

Enia estava cansada.

Sacudiram-na cedo na cama, escuro ainda.

Despertou confusa, a alma seguia mergulhada no pântano entorpecente do sonho, mas a margem agora era o chamado urgente da mãe.

Não teve escolha. Desaconchegaram-na da cama assim, desarranjada do espírito e com frio no resto.

Caminhara o dia todo na fofura difícil da neve, pisando os afundados deixados pela gente cujas costas serviam-lhe de vista. Atrás de si, as irmãs e o lamento das mulheres de Russiane. Boiava no calor suado do corpo, enquanto na cara batia-lhe obstinado o frio. Pela boca, baforava vapores que faziam brincar de Srull, o irmão pendurado em moldura na parede da casa, de quem conhecia apenas o que sempre sobre ele ouvira: que desde bem moço, criança ainda, foi fumante incorrigível.

Chegaram todos vermelhados, ao entardecer de algum vilarejo.

O lugar pareceu familiar, embora vazio, encostado, desvalido.

Enia achou bonito o sol ameaçar tocar a neve. Torceu pelo fogo.

Foi Ruchel quem chamou do devaneio a irmã, puxando-a pelo braço.

— Estamos em Chernivtsi!

E juntou a caçula às outras, reunidas já com a mãe diante de uma casa. Embora lembrasse em muito aquela sua, era completamente diferente. Na porta, duas toras grossas em cruz mantinham a pregos o acesso negado.

Enia olhou para trás e reparou ao longe um sujeito. Àquela distância lembrava em muito seu pai, embora fosse completamente diferente. Viu como com a força das mãos desencravava, da porta que tinha na frente, as toras que lhe serviam também de impedimento.

Cutucou a mãe com respeito e apontou para aquilo.

Sure demorou-se no homem por mais tempo que a filha. Fechou então os olhos, revirando-os antes para cima.

Enia já estava acostumada. Desde a morte do pai que era assim. Quando a mãe precisava tomar uma decisão que fosse importante, fechava os olhos daquele jeito, revirando-os antes para cima. Dizia ela que o falecido morava na sua cabeça.

Uma gota escorrida do gelo largou-se do telhado da casa.

Quando desatou seus lumes, Sure apareceu decidida. Afastou-se e voltou logo com uma pedra pesada nas mãos. Golpeou com tamanha força aquela recusa que Enia precisou agarrar-se às irmãs e premer também seu olhar, revirando-o antes para cima, para pedir a quem quer que morasse dentro da sua cabeça que, por favor, a mãe se acalmasse.

Entraram juntas naquela casa, e junto com elas alguma luz.

Enia correu para esparramar-se numa cama qualquer.

Acordou com o volume de vozes irreconhecíveis e viu, pela janela embaçada, escapar o dia. Deixou-se um tempo ainda deitada, estranhando que do sonho não tivesse qualquer lembrança. Andou dolorida pelo corredor, tateando com as mãos um caminho, e encontrou na sala, de pé, ao pé da porta arrombada, a mãe. Emoldurado pelo batente, o contorno de um homem corpulento, na contraluz que vinha lá de fora. As irmãs, ela achou abraçadas num penumbroso canto.

De repente, um moçoilo impensado irrompeu a mudez daquela pintura. Atravessou afobado o quadro sem dizer palavra e foi direto para o quarto que para Enia servira de abrigo. Demorou-se lá um tempo. Depois voltou. Infringindo outra vez o silêncio, fingiu voz grossa para anunciar alto que se chamava Buma e que aquela casa era dele. De seu pai. Que haviam fugido na noite anterior do bombardeio, mas que agora estavam de volta, e que elas podiam voltar também, porque os alemães haviam voado para o Leste.

Enia não soube dizer por que chorou, mas chorou. E tampouco soube como parar.

Na caminhada de volta para casa, Sure deteve-se diante da filha. Secou-lhe com as palmas das mãos as lágrimas teimosas que derretiam de algum estranho refúgio. Depois, a abraçou e sussurrou-lhe um canto.

Por duas vezes naquele mês, a mãe deixou as filhas cuidando sozinhas umas das outras e voltou exaurida quando já era o meio da noite.

No seguinte, quando preparavam juntas alguma refeição possível, receberam a visita, agora em carne e osso, daquele contorno emoldurado pela porta arrombada de Chernivtsi.

Sure não pareceu tão assustada quanto as meninas, e convidou o forasteiro a juntar-se à mesa. Serviu-lhe um almoço ralo e depois tratou com ele de um assunto que, ao menos a distância, pareceu importante.

Na volta, o encarnado despediu-se gentilmente das cinco e partiu.

Dois meses se passaram inteiros até que Enia fosse dada em casamento, por acordo firmado entre a mãe de uma e o pai do outro, como souberam depois. E foram os recém-juntados viver naquela casa tão parecida, embora completamente diferente da sua.

No quarto onde Enia despertara já uma vez ausente de sonho, Buma apagou a luz.

Acuada num canto madeirado, ela sentiu pela primeira vez o ar que sai de um rapaz. Fechou apavorada os olhos, revirando-os antes para cima. Seria esse o cheiro que exalava Srull?

E, sem saber como sentir aquilo que sentia, tremeu. Pareceu-lhe que a mão de Buma também, ao tocar-lhe o rosto embuçado. Engoliu o seco que tinha na boca antes de gritar por algum socorro:

— Sucher.

E, como viu que aquilo deteve o que tinha pela frente, emendou:

— Sucher. Meu irmão, Sucher. Fugiu.

III

Boris catava fruta direto da árvore, atirando pedra. Não qualquer tipo de pedra. As boas, tinha que apanhar na obra da Antônio Bento. Enchia os bolsos da bermuda do uniforme, aumentando a gorduchice das coxas, e corria pra mata vizinha de casa, chupar laranja antes de aparecer pro almoço.

Era difícil bater bem no galhinho, pra que caísse inteira. Naquele dia, acertou foi um ninho escondido de marimbondo, que despencou do alto e espatifou no chão. Tapou os ouvidos com as mãos – era isso que fazia toda vez que quebrava alguma coisa, tapava os ouvidos e olhava pra coisa quebrada. No ardido da dobra gorda do pescoço, lembrou de correr.

Já no campo de areia, sem folha pra sacudir com o vento nem galho pra lascar debaixo do pé de corrida, foi que ouviu a zoada de um milhão de marimbondos. Outra picada, dessa vez no detrás da coxa e mais outra, bem no meinho das costas, por cima mesmo da camisa, e acelerou balofo batendo os braços pelo corpo pra exorcizar a paúra.

Foi por conta do desespero que correu praquele lado. Agora, ia ter que dar a volta toda no campo pra chegar em casa. O tempo que apareceu de sobra, usou para imaginar o hospital, deitado na cama com grade e rodinha de metal. O corpo todo esparadrapado. Num braço, agulha espetada na veia, presa na ponta da mangueirinha que trazia o soro do saco pendurado lá em cima. No outro, transfusão de sangue. Em volta, a escola toda, de uniforme, olhando com a mesma cara que olharam pro Enzo quando ele foi todo operado de mordida de cachorro de praia. Outra picada, na orelha, e o hospital sumiu inteiro.

Virando na Espírito Santo, viu Lurdes aparecer pequena na porta da casa e colocar as mãos na cabeça. Aquilo não era um bom sinal. Não soube explicar depois como, mas correu mais rápido ainda do que já corria, apesar de saber que isso não significava exatamente muita coisa.

Assim que entrou, Lurdes fechou a porta, as janelas, tudo.

A família veio acudir.

Boris se sentiu protegido ali, embora não tivesse intimidade com aquela gente preta que morava de aluguel.

Lurdes sentou na cama, puxou o miúdo pro colo e o apertou contra o peito. Vendo de tão perto aquelas tetas pretas e gordas, Boris sentiu bagunçar a barriga. Um tipo de enjoo, mas não era bem enjoo. A boca estranha encheu de cuspe.

A mulher o colocou de bruços num lençol quase rosa, mas sem travesseiro. Levantou a camisa e a perna da bermuda, limpou tudo com um pano gelado de álcool e depois, com uma agulha esquentada no fogo, cutucou uma por uma as picadas pra ver se encontrava ferrão. Só então virou com a barriga pra cima.

Boris olhou pra gente toda em volta dele. Aquilo não era hospital, não tinha agulha, esparadrapo, mas o olhar era mesmo o mesmo olhar que todo mundo olhou pro Enzo quando foi mordido na praia. Até Marisa. Nunca que ela olhava, pra ninguém, e agora estava ali, olhando. Era mesmo muito linda, ela. E danada! Mesmo sendo a mais velha, desobedecia. Morava sozinha no quarto separado dos fundos. Todo mundo falava que era mentira isso que ela namorava jogador de futebol de verdade, mas na verdade era verdade, sim. Tulio, o centroavante do Jabaquara.

Boris sentiu um sono.

Quis dormir ali, mas Lurdes não caiu no dengo do menino.

Fez o pirralho subir as escadas pro almoço. A mãe, vendo aquela sujeira toda suada e atrasada, pra variar, brigou e mandou direto pro banho. Frio, sem sabonete, só com água mesmo, lavou a poeira do corpo e vestiu roupa limpa. Almoçou requentado e depois esticou o corpo no velho tapete macio que enfeitava o assoalho da sala. Tinha que aproveitar enquanto o pai não estava, porque com ele, naquele tapete, ninguém deitava.

No caminho pra aula chata de iídiche, olhou todo pra baixo. Tentava acertar com a ponta dos sapatos as linhas que juntavam as pedras na calçada, enquanto decidia se contava pra mãe ou não dos marimbondos e da casa da Lurdes. Não era fácil de decidir. Se contasse, com certeza que ela ia contar pro pai e aí ia apanhar quando o chatonildo chegasse do trabalho. Se não contasse e o velho descobrisse sozinho ia ser pior. Mas tinha também a chance de nunca descobrir. Melhor então não contar, pra ninguém. Nem amanhã na escola. Pra ninguém. E não podia esquecer de pedir pra Lurdes, e pra Marisa, e pra toda a família dela de pretos não contarem nada pra ninguém. E tinha que fazer isso assim que voltasse. Pra não dar tempo de abrir o bico. Ainda bem que a mãe não gostava de falar com ela. Era estranho aquilo, mas ainda bem que era assim.

Só que era muita injustiça. Quando foi o Enzo, a própria mãe dele apareceu na escola e contou pra dona Ruth. E todo mundo teve que ir visitar no hospital. De uniforme. Precisava contar nem que fosse só pro Augusto Monteiro. Mas o problema de contar pro Augusto era que com certeza ele ia contar pro Benjamim, que com certeza ia contar pro Antônio Prado, e aí já viu. Melhor não contar. Pra ninguém. Melhor assim.

Sentiu vontade de chorar e chorou um pouco sem que a mãe percebesse. Jurou dentro da cabeça que quando tivesse um filho ia ser o melhor pai do mundo, de todos, e que nunca, nunca na vida ia gritar, dar bronca nem bater de cinta. E acalmou imaginando a cara que teria o filho.

Boris gostava da rua, ainda mais agora que tinha dentro de casa o irmão pequeno. Chamava Jackson. Boris não achava graça em brincar com Jackson. Sentia raiva de a mãe ter dado esse nome pra ele. Jackson? Não bastava ter que responder Sucher quando alguém na escola perguntava o nome do pai e Josepha quando perguntavam o da mãe, agora tinha que responder "sim" quando perguntavam se ele tinha irmão e Jackson se perguntassem como chamava. Jackson? Os clientes da loja podiam chamar o pai de Samuel, mas ele, não, tinha que dizer Sucher. A mãe, podia chamar de Pina em casa, mas na escola tinha que dizer Josepha.

Tinha domingo que Sucher e Josepha levavam Boris e Jackson até a praia, caminhando pela Espírito Santo até o fim. Foi nessa praia que o Enzo foi todo mordido, só que bem mais lá pra outra ponta. Podia brincar na areia e no raso, mas, se a água batesse no joelho, tinha que voltar porque senão o mar podia levar pra sempre.

Teve um dia que Boris foi arrastando bem devagar os pés na movediça, do raso da água até o fundo. Disfarçou milímetro por milímetro, até que a água chegasse pra cima do meio da coxa. Queria ver se o trouxa ia perceber a danadice. O mar puxava forte, como nunca tinha sentido, parecia querer engolir. Teve medo, mas aguentou firme, afundando na areia que teimava em fugir.

Aguentou o tanto que pôde, mas a demora do pai em berrar a desobediência já passava dos limites. Vencido, olhou pra trás, buscando alguma surra, e encontrou foi o folgado todo estirado na cadeira aberta do seco da praia lendo o jornal, distraído.

Boris sentiu-se enfim livre e, logo, abandonado.

Nunca soube dizer por que, mas jamais se livrou dessa mistura que sentiu.

Jackson não entrava na água. Nunca. Tinha medo. Sempre.

No caminho de volta, pela mesma Espírito Santo, o céu de repente ficou cinza e um trovão exagerado estourou pelo mundo.

Boris levou um baita susto. Deu até vontade de fazer xixi. Parecia xixi, mas não era bem xixi. Teve que agarrar no pinto. Foi o maior trovão que ouviu na vida. Buscou o irmão à procura de alguma cumplicidade naquele assombro, mas o que achou foi o franzino todo escondido no meio dos bracinhos.

Não soube explicar depois por que, mas chegou perto da orelha do pirralho e, com uma voz rouca que inventou na hora, falou esticando as palavras que nem fazia o moço do rádio:

— Cuidaaaado... a porta do céu vai abriiiiir... e você vai entraaaaar...

Cada palavra assombrada que ele espichava naquele ouvido fazia o moleque tremer mais e mais o corpinho enquanto a cara, que já nem bonita era, ia entortando toda até virar careta.

O coitado endureceu e ficou assim, um tempão, parecendo uma estátua feiosa berrando sem som.

De repente, do nada, tomou um fôlego, segurou o peito cheio e, na soltura, desembestou no volume de um choro que, de tão alto, fez o resto todo em silêncio.

Boris alegrou, embora fingisse pra mãe o contrário.

Finalmente tinha descoberto pra que servia um Jackson.

IV

Do alto do gigante Eubeé, Sucher olhou de frente o mar, dando as costas a tudo o que conhecia. Aspirou fundo a brisa salgada e fria, guardou-a estufada no peito e mergulhou, num gesto próprio de quem beira uma aventura, as mãos pelos bolsos da calça. No fundo da algibeira topou num corpo impreciso. Puxou para conferir uma lasca fina. De ouro. Pareceu-lhe ouro. Perdido, buscou pelo pai. Encontrou-o no mesmo lugar, lá embaixo agora, agora pequeno. De cima do navio, olhou o pai pela primeira vez de cima. E esvaziou-se pelo nariz.

Das mãos da mãe ganhara na despedida, enrolado, o tapete da sala. O velho tapete onde, às gargalhadas, aquelas mesmas mãos o embrulhavam quando, pequeno, queixava-se do frio. De trama precisa e macia, aquecia. Parecia-lhe um mundo. Agora assim, tão resumido. Um tapete. Fora tecido à mão, pelas mãos da mãe de sua mãe. Um velho costume entre as mulheres de Russiane, tecer tapetes. Aquele, diziam, a velha começou a tramar ainda deitada, enquanto via nascer a própria filha. Oito invernos passou mexendo e remexendo naquilo, até que julgasse bonito e desse como pronto. Depois, morreu.

Sucher nunca havia ganhado nada. Nunca. Pegou nas mãos o presente enrolado e achou que o correto seria abraçar e dizer obrigado.

Agora, metida no bolso da calça, aquela lasca dourada. De onde foi que o pai tirou aquilo? E por que não lá embaixo, ou na passarela, onde se despediram ainda agora, sem tato, sem gosto, nem fala? Melhor assim. Não saberia abraçar o pai. Muito menos dizer-lhe qualquer coisa. Apenas sustentou então o olhar indefinido que recebia do homem silencioso ali embaixo, e foi só. Haviam viajado juntos por uma semana, sacudindo, ombro a ombro, por vezes de frente, e a distância entre eles sempre fora mesmo exatamente aquela.

A mãe, só sentiu afastar quando já estava na estrada. Nem na despedida foi. Do balanço da carroça, viu-a abarcando as meninas na porta da casa, até que dissolvessem inteiras em poeira de neve. Entristeceu como nunca. Sentiu pousar no ombro a mão amiga de Scholem e foi tomado pela certeza de que um dia voltaria a vê-las, todas. Acenou, ainda que já fosse tarde.

Por três dias sacudiram os três em silêncio naquela carroça, e por mais dois no trem, até Hamburgo.

No comboio, Sucher sentou-se de frente para os outros dois. Em pouco tempo viu o pai mergulhar num sono profundo. Nunca na vida tinha visto o pai dormir. E, como dormia, pôde olhar com detença. Era magro, ele, e ainda mais velho do que supunha. Principalmente as mãos. Eram velhas, as mãos. O bigode grosso e a barba acinzentada omitiam uma boca. Fechou a vista e acomodou o crânio na janela de vidro. O gelado fez lembrar as noites no galpão, junto às irmãs, tremendo sob a palha seca, todos já grandes demais para o tapete da sala. Foi capaz de ouvir seus lamentos de fome e de frio e, pelo corpo, sentiu subir uma vergonha. Abriu rápido a vista, na ânsia de afugentá-la, e encontrou o pai dormindo ainda, a cabeça agora recostada no ombro de um retesado

Scholem. Riram os dois daquela cena impensada. Scholem com cuidado, para não acordar Baruch com o sacolejo do sarro. Pela graça de D'us que o pai daquele amigo conseguira também juntar dinheiro para emigrar o filho.

Foi por diabrura pura que Sucher largou-o sozinho naquele embaraço e fechou outra vez os olhos, acomodando melhor o corpo e confiando dessa vez um descanso.

Mas foi logo inundado por uma enxurrada visual. O departamento de imigração. Aqueles rostos. Como era possível que tivesse assimilado tamanha riqueza de detalhes sem que tivesse se dado conta? Sentiu formigarem os joelhos, exatamente como quando ouviu o pai dizer em voz firmada àquele oficial com nariz de poros alargados e mindinho de unha suja que a família emigraria junta. Nunca antes vira o pai mentindo. O olhar duro que recebeu em resposta. O tempo que se mantiveram assim, os dois, em afiado duelo ocular, até que o homem desistisse primeiro e voltasse aos papéis. Os milímetros que viu baixarem os ombros de Baruch enquanto as costas sustentavam ainda a rigidez da sua mentira. A surpresa iluminada que viu nascer no rosto da caçula, arrumada em seu único vestido. O choro doído da pequena quando lhe contaram depois a verdade. Pobre Enia. O sacrifício que havia feito, que todas haviam feito, para que agora pudesse existir aquele trem.

Tombou a cabeça abarrotada para a frente, noutra tentativa aflita de livrar-se do martírio da memória. A nova configuração física arremessou-lhe imediatamente, sabe-se lá por que, para o instante em que viram, todos ajuntados na casa, a cara trombuda de Enia revelada na fotografia mentirosa colada ao passaporte. Disso, sorriu.

E, com isso, dormiu.

Acordaram confusos, os três, com o alvoroço do desembarque. Juntaram rápido suas poucas coisas, já que era o que faziam os outros, e seguiram com a multidão uníssona pelos caminhos embaraçados da estação. Na rua, foram atrás dos que carregavam as maiores bagagens e pareciam os mais apressados.

Do alto de uma passarela, cuja engenharia mereceu seu mais profundo encantamento, puderam avistar, de cima, o porto. Detiveram-se ali, na beirada, um tempo, a distância, enquanto pelas costas sentiam passar o mundaréu de gente.

Uma fila nascia grossa no meio da turba amontoada e depois, alongando-se, alcançava na outra ponta um pequeno grupo de homens uniformizados.

Desceram e juntaram-se, então, àquele acúmulo. Baruch também desceu, mas seguiu de longe a evolução dos dois.

Quando chegaram à ponta afunilada, foram chamados pelo oficial. Caminharam juntos e, juntos, como haviam combinado, disseram "Canadá", estendendo cada um seu passaporte aberto já na página com foto. E, no rosto, estamparam um sorriso.

O carrancudo catou na mesma mão os dois documentos. Folheou displicente primeiro o de Scholem, mas logo desinteressou. No de Sucher, deteve-se com mais atenção. Foi para a frente, para trás, voltou na página em que residia colada a fotografia, demorou-se ali, como que procurando por um conhecido, riu, talvez achando graça também da carranca da pequena e, sem nem ao menos levantar o olhar, soltou num tom viperino:

— *Flucht der armee?*

Sucher entendeu a provocação. Esperava por ela, mas não assim, tão indigesta. Era o momento crucial, ensaiado, de convencer um alemão de que não estava emigrando apenas para fugir da obrigação. Balançou convicto um "não" com a cabeça, buscou na mão do homem a página aberta com a foto e, apontando ali, gesticulou que os outros, cada um daquela fotografia, emigrariam também, juntos, mas haviam ficado um pouco mais para trás na fila. Procurando pela multidão, sacudiu o braço com energia na direção do pai e recebeu de volta um aceno acertado. Voltou-se para o oficial segurando ainda como pôde a simpatia que já pesava na cara.

O sujeito, pareceu, acreditou. Anotou sei lá o que num livro grosso, aberto sobre uma esquálida mesa quadrada e grunhiu sem muito interesse um som qualquer que Sucher não pôde decifrar. Como viu que não era compreendido, largou displicente a tinteiro sobre a mesa e arriscou uns movimentos com os braços, tentando algum tipo de imitação.

Sucher matou rápido aquela mímica. Desde que se lembrava por gente, via o pai arando daquele mesmo jeito seus campos de fumo. Disse confiante que "sim", mas, como não viu reação que fosse, arriscou num:

— *Iá!*

O sujeito achou graça do esforço. Voltou a anotar uma qualquer coisa e depois desembestou no arranhado daquela língua. Entregou-lhes um papel. Era uma espécie de comunicado oficial, escrito em idioma confuso, mas que parecia estranhamente familiar. Falava algo sobre uma epidemia no Canadá que forçara o governo a fechar as portas do país para estrangeiros. Pelo menos, foi o que daquilo entenderam.

O homem esperou paciente até que os dois lessem as tantas vezes que quisessem o tal documento, apanhou-o então de volta e tornou a fazer com os braços a imitação grotesca, agora repetindo junto "*Brazil*", "*Brazil*".

— *Brazil?*

Sucher sentiu no ombro a mão amiga de Scholem e foi tomado pela certeza de que era melhor calar.

Quando o navio começou a se afastar da borda do mundo, Sucher ainda olhava para o pequeno pai no porto. Entristeceu como nunca. Sentiu mais uma vez o outro tocar seu ombro e a certeza que o invadiu foi a de que nunca mais veria aquele rosto.

— Vamos, Sucher, vamos descer.

No porão, a dupla enrijeceu.

Centenas de pessoas amontoadas, aos berros e empurrões.

O calor era infernal, e o cheiro, inadmissível.

Sucher, num gesto próprio de quem busca proteção, meteu a mão no bolso e tocou a lasca dourada. Scholem puxou-o pelo braço e partiu na frente, sulcando caminhos entre a gente, até que chegassem a um canto afastado, junto ao casco. Scholem precisava de encosto. Era assim desde menino. Só sentava se houvesse lugar para escorar as costas, fosse no que fosse. Tinha a musculatura curta, dizia.

Sucher desatou a fita que segurava enrolado o presente da mãe, estendeu-o no chão e ofereceu ao amigo um pedaço de assento.

Recostados, demoraram-se os dois vislumbrando a gente toda.

Sucher quis alguma quietude e cerrou a vista.

Acordou suado e surpreso daquele sono. Quando lhe voltou inteira a consciência, entendeu que despertara pela ânsia do vômito. No escuro, o cheiro denunciava o alívio já de alguns, mas ele não conseguiria ali. Galgou o mar de gente e alcançou a escada silhuetada em madeira frágil que o levaria para o convés.

Vomitou nas águas, deixando o ar fresco acariciá-lo como bem quisesse. Aliviado, olhou para as estrelas. Eram as únicas certezas que tinha para ancorar o olhar.

Sabia que não permitiriam que ficasse ali por muito tempo e não queria confusão. Refez exato o caminho de volta e sentou-se ao lado do ronco de Scholem.

Foi acordado dessa vez por algazarra e encontrou o amigo já bem desperto. Era dia. Não soube como aquilo começou, mas notou as pessoas se amontoando em grupos. Alguém gritava alguma coisa numa língua e quem entendesse que gritasse de volta, catasse suas coisas e se ajuntasse ao bando.

Em pouco tempo, aquele porão desarranjado virou um simulacro do mundo, pequenos países separados, com línguas e costumes próprios.

As fronteiras, era melhor respeitá-las.

O pequeno país de Sucher e Scholem era formado por quinze romenos judeus e foi erguido ali mesmo, junto ao casco que servia de encosto. Todos jovens, alguns fugidos do serviço militar, outros da fome que assombrava o país naquele inverno; a maioria, dos dois.

Sucher era cidadão querido em sua pequena nação. Em pouco tempo passou a comandar as orações matinais, como fazia seu pai em casa.

Desculpou-se aos conterrâneos já no primeiro dia de suas obrigações, explicando que, como o velho chamava Baruch – em hebraico, "bendito", justamente a palavra que inaugura toda e qualquer reza judaica, como eles deveriam muito bem saber –, talvez fosse comum vê-lo chorar um pouco.

Por toda aquela viagem, e pelo resto da vida, entendeu naquele dia, o nome do pai apareceria para anunciar o nome daquele cujo nome não podia ser dito.

Sucher viu muita gente adoecer naquele porão.

Os que não resistiam eram lançados ao mar amarrados a seus pertences.

À noite, depois de tudo, procurava o canto mais afastado daquele mundo e permitia-se uma conversa solitária com D'us. Pedia proteção para seu pai, para sua mãe, para as irmãs, e que tivesse força para aguentar a viagem sem adoecer.

Passados vinte dias, um a um arranhados no assoalho úmido com a lasca que trazia secreta no bolso, Sucher quis acrescentar um pedido à lista. Caminhou receoso até seu solitário canto, clamou pela proteção habitual e depois implorou por perdão se D'us entendesse que fosse ganância, mas pediu, por favor, que um dia ele pudesse voltar a sentir nas mãos um naco que fosse de um sabão.

V

Pina foi posta à mesa, no lugar da janta.

Haviam-na colocado assim porque a cama pareceu baixa à parteira.

Implorou para que a levassem ao hospital, mas Chaike não cedeu à frescura da cunhada.

Do quarto, Sucher ouvia gritar a mulher, e aqueles urros o assustavam.

Pina apertou-se com força. Com a força que pôde. Tudo o que pôde. E encontrou, no escuro de si, seu pai. Ainda que o esforço exigisse toda a atenção, juntou viço para encará-lo e ainda perguntar-lhe em delírio um "por quê?" enquanto sentia escorregar pelas coxas a dor que descia do ventre e, pelos olhos, aquela outra.

Na balança de cozinha, pesaram o menino: três quilos!

No hebraico, chamaram-no Baruch, em homenagem ao avô. E acharam que Boris fosse uma boa tradução para o português.

Deixada na cama, Pina adormeceu.

Sonhou que lhe caíam da boca os dentes.

Acordou com frio de febre alta.

Assim que a notaram desperta, colocaram-lhe o choroso nos braços. Quente, apertava com força as mamas doídas, enquanto buscava na irmã alguma aprovação. Boris bem que tentou, mas, quando entendeu que dali nada viria, berrou em desespero de fome.

Com um pente, Rivka arranhava os seios enguiçados da caçula, endurecidos feito coisa morta. Pina sentia doer era o desprezo da mais velha e preferia dormir.

Das conversas que vazavam pela magreza das portas, ouviu que era gastadeira e mimada, que não precisava de médicos e nem de remédios, mas sim de vergonha na cara. Ouviu Sucher se convencer disso. E acabou por convencer--se também.

Quando desmaiou, decidiram enfim levá-la às pressas para São Paulo.

Do colo do cunhado, pôde ainda avistar o marido com o recém-nascido nos braços, antes que a colocassem deitada no banco detrás do carro.

No hospital, encontraram a placenta apodrecida em seu útero.

A previsão foi de semanas de internação até que pudessem controlar com segurança a infecção, apostando numa combinação de antibióticos.

Nos seios estufados, o leite azedava. Com pequenos cortes ao redor dos bicos, feitos a bisturi e a sangue-frio, aliviavam-lhes de tempos em tempos a pressão.

Murcharam os dois, por falta de uso.

Enquanto isso, Boris mirrava no colo do pai, em Santos. Tia Tsive, por sorte, havia parido seis meses antes e ofereceu emprestada a mama ao sobrinho necessitado. Mas o alimento logo faltou à própria cria, e decidiu então pela vida do seu.

A única saída seria pagar por um anúncio desesperado nos classificados da *Tribuna*, à procura de uma ama de leite. Gratifica-se bem, terminava a nota.

Sucher foi chamado em casa às pressas por dona Mintze, que bateu-lhe à porta, esbaforida. Correu com ela o caminho de volta até a pensão e, pelo telefone largado sobre o balcão abandonado, combinou com uma dita Maria encontro para o dia seguinte na ponta da praia onde ela disse que morava com o marido bombeiro e um filho nascido.

Quando chegou a demorada hora, Sucher embrulhou seu Boris num cobertor e saiu. Já era quase noite e caía uma chuva fina. Mesmo assim a rua continuava atochada da gente barulhenta que ainda insistia no Carnaval. Cruzou o Corso com o embrulho no colo e houve quem o elogiasse pela originalidade da fantasia.

Encontrou Maria na ponta, pontual e sozinha. Reconheceu pela bermuda azul que, ela disse, usaria.

Era preta a Maria.

Sucher estendeu-lhe o menino.

Ela acolheu nos braços o embrulho e viu a boquinha do faminto encher de cuspe, provavelmente por conta do cheiro que exalava de seu colo. O danado meteu ligeiro a boca onde devia, afoito com o que vazava pela camiseta branca e regata.

Sucher deu a Maria o combinado em dinheiro e afastou-se apressado do constrangimento. Sobre o volume alto do samba ouviu, ainda de costas, a mulher perguntar pelo aniversário do menino. Aniversário? Custou tempo para lembrar.

— Vinte de janeiro!

E foi-se.

No hospital, diante do marido já sem filho, Pina gemeu feito a menina que era. Tão pouco, o que sabia daquele homem. Cansada, apenas fê-lo jurar que, assim que ela saísse dali, a primeira coisa que fariam seria reaver a criança. Diante daquela que chamava de esposa, Sucher concordou com um balanço de cabeça, feito o menino que era.

Quando Pina recebeu alta, a família achou por bem que o casal fosse morar por um tempo na pensão, assim ela teria o amparo de que precisasse quando o marido saísse para o trabalho.

Já no acolhimento do quarto, bebendo um pouco de chá quente, recostada e macia, Pina ouviu de dona Mintze um conselho de amiga: não fosse logo buscar o filho e os pretos iam acabar ficando com ele.

Assim que o esposo adentrou o recinto, exausto do trabalho, antes mesmo de qualquer outra coisa, Pina cobrou a promessa.

Naquela noite, dormiram separados pela mesma cama.

Deixaram cedo a pensão e andaram juntos o caminho da orla. Ele amparando o peso dela. Ela entregando seu peso a ele. A mulher andava ainda fraca.

Quando chegaram à ponta da praia, Pina deteve-se.

Pediu que o marido fosse buscar sozinho o menino.

Viu-o caminhar e sumir na curva da areia.

Então, olhou demorada o mar.

Sucher voltou acompanhado de uma mulher avolumada. Era preta, ela. Carregava no colo um bebê cabeludo que, de tão balofo, mal a cara dava conta de tanta bochecha e tampouco a fralda de tanto aperto.

E sem saber como sentir o que sentia Pina, tremeu.

Pôde vê-los parando a certa distância segura. Depois, Sucher lhe dar dinheiro e tomar desajeitado o filho. Viu a mulher guardar as notas bem dobradas no bolso de trás da bermuda justa azul e depois esticar os braços e chamar de volta o menino com voz infantil:

— Cadê o Tião da mamãe?

Pina desceu duro os degraus de concreto enquanto via o filho voltar para o colo da preta. Pisou firme a areia molenga e arrancou da postiça o que por direito era seu. Apertou contra o peito aquilo que agora tinha consigo e andou e andou e andou e andou.

Quando deu por si já estava dentro de casa. Esvaziada, já que a morada era a pensão. Colocou o menino deitado de barriga para cima sobre o tapete da sala, o maldito tapete que o marido trouxera de sua terra e que amava mais do que tudo, encostou o rosto junto ao rosto do filho e a boca em seu ouvidinho. Ali, jurou que nunca, nunca mais na vida eles voltariam a ver aquela outra mulher.

VI

Sucher perseguia esperto o peixe tinhoso.

Nadavam rápido.

Parou de costas, o danado, sem saída diante do paredão de pedras.

Da cabeça encurralada nasciam curiosos e longos fios acinzentados. Sucher encostou-lhe gentil o rabo e o valente virou ligeiro.

— Pai? — balbuciou com voz de debaixo d'água.

O peixe não respondeu.

Sentiu faltar o ar. Enquanto lutava para alcançar a superfície, viu, penoso, Baruch escapar-lhe para sempre. Debateu-se, decidido a sobreviver a qualquer custo. Quando sentiu finalmente entrar o ar pelos pulmões, abriu afoito os olhos e deparou-se com Scholem debruçado sobre si.

— Scholem? Que susto!

— Acorda.

— Scholem...

— Sucher...

— Sim.

— Chegamos!

— Chegamos?

— Sim, chegamos!

Estava exausto, sujo e provavelmente fedido, mas entregou-se ao outro num abraço estendido.

— Graças a Deus — murmuraram ao mesmo tempo.

E riram, amassando-se pelas orelhas.

Juntaram suas poucas coisas e seguiram em direção à escada frouxa do porão.

Na proa, Sucher demorou para se acostumar com a ofensa da claridade. Dobrou-se para cobrir os olhos ardidos e sentiu na nuca um castigo.

Como não soube entender se aquele calor infernal vinha da caldeira ainda acesa ou se aquela misteriosa terra, por alguma estranha física, ficava mais perto do sol do que qualquer outra, achou melhor manter-se assim, curvado.

Ousando alguma proteção, segurou entre as pernas o tapete e, sobre si, ergueu a pequena mala. Conseguiu alguma sombra e pôde finalmente levantar o olhar e contemplar o porto. Máquinas colossais trabalhavam sem sota. Agigantados guindastes suspendiam cargas descomunais sobre os navios ancorados. Lá embaixo, uma multidão de homens em manga de camisa vestia chapéus desconhecidos, com largas abas, e carregava nas costas sacos que pareciam penosos. A maioria tinha a pele escura. Alguns totalmente preta, tamanha então a proximidade mesmo do lugar com o bendito do sol.

Encheu os pulmões de um saudoso ar fresco e sentiu agradecer o corpo. A mão de Scholem tocou-lhe o ombro direito, e Sucher foi tomado pela certeza de que naquela terra quente faria família e fortuna.

Desembarcados, os amigos se reuniram ainda tontos em roda.

Fecharam-se em segurança e quiseram saber agora o que fariam. Alguns contaram que iriam seguir para o sul à procura do trabalho prometido no campo, outros para uma cidade chamada São Paulo, onde parentes os aguardavam. Os demais permaneceram quietos.

Apertaram-se ainda mais, rezaram juntos uma última vez e deram-se as mãos em despedida enquanto desejavam-se uma boa sorte.

Na dispersão restaram Sucher, Scholem, Jacob e Naum.

Jacob não aguentou por muito tempo o silêncio que se deu e disse que não tinha família nenhuma na tal São Paulo nem em nenhum outro lugar daquele inferno. Naum correu para informar que ele também não. E que também não queria ir para o sul trabalhar em porcaria de terra nenhuma. Embora tivesse dito "*iá*" na fila do embarque em Hamburgo, diante daquele animal alemão, jamais havia pego numa enxada nem muito menos plantado seja lá o que fosse.

Sucher afastou-se sob o olhar apreensivo do grupo. Estacionou na beira do cais e contemplou absorto aquele sem-fim do mar, dando as costas a tudo o que não conhecia.

Foi Scholem quem não aguentou o silêncio que se deu dessa vez e rasgou-o com tom afiado:

— Sucher tem um irmão aqui.

VII

Além das quintas-feiras, eu via meu zeide também nos domingos.

Assim que alguém me sacudia pulava correndo da cama.

Nos dias de aula, não. Nos dias de aula era diferente. Era tudo muito mais cedo e logo a primeira coisa que eu via quando abria o olho era a cara bem de perto de sem paciência do meu pai, dizendo que estava tarde, já. Eu me segurava arregalado, mas isso só não adiantava. Ele ficava parado, me olhando de volta, e só saía de cima se eu tirasse o cobertor e o lençol. Só assim pra voltar pra cozinha e me deixar em paz pra eu aliviar do susto. Pra relaxar um pouco, eu virava de lado, que era mais gostoso, ajeitava o travesseiro e me cobria outra vez. E sonhava o sonho repetido.

O sonho repetido começava sempre comigo andando numa casa bem grande, com jardim, piscina e tudo, que eu já conhecia. Mas, quando acordava, nunca que conseguia lembrar que raio de casa que era aquela. Tinha uma parte secreta dentro, meio que uma outra casa, menor, que eu sabia que adorava, porque já tinha morado ali e até sentia saudade. Toda noite eu torcia pra sonhar o sonho repetido porque nunca que eu conseguia encontrar essa parte, ou então, sempre bem na hora que ia conseguir, era sempre bem a hora que meu pai me acordava. E sempre bravo e decepcionado junto.

Eu sentia uma coisa ruim na barriga que depois ia espalhando pelo corpo. Parecia uma onda, mas não era bem uma onda. Era mais ou menos a mesma coisa que eu sentia quando soltava sem querer um pum na frente de alguém que eu não podia ter soltado um pum na frente.

Então levantava, mesmo que fosse com a coisa ruim ainda, e ficava pedindo desculpa até ele sair outra vez do quarto.

Se fosse época de frio, eu já dormia com o uniforme, que era pra não ter que me trocar de manhã, mas, se não fosse, tinha que tirar o pijama, vestir a calça, a meia, o tênis e a camiseta que sempre já tava dobrada na cadeira da escrivaninha. Depois ir pro banheiro, acender a luz, fechar a porta, fazer xixi, lavar a mão, a ramela do olho, e enxugar tudo com a toalha de rosto. Mesmo com porta trancada, dava pra ouvir meu pai tentando acender o botão do fogão pra fazer ferver o leite.

Na mesa da copa, minha irmã sempre chegava antes. Eu sentia o cheiro gostoso do café escorrendo pelo filtro.

Pra cada um tinha uma metade cortada de mamão papaia e um prato fundo com duas bananas, aveia, açúcar e Nescau por cima. No meio da mesa ficava o saco da padaria com quatro pãezinhos quentinhos, um pote de manteiga, na minha frente a caixa de Sucrilhos e o saco com leite gelado, e na frente do meu pai um pote de geleia. Primeiro eu comia o mamão, raspando com a colher. As sementes, ele já tinha jogado fora no lixo da cozinha. Depois eu amassava a banana, misturando com o açúcar, o Nescau e a aveia, e comia tudo com o garfo. Os Sucrilhos, só depois que tivesse conseguido afundar tudo. Depois era o pão com manteiga junto com o café com leite quente. Se demorasse pra tomar, criava nata e meu pai tinha que pegar outra xícara e fazer passar tudo outra vez pela peneira.

Ele punha geleia em cima da manteiga no pão dele, eu não. Quando acabava o café, eu ia escovar os dentes e ele ia preparar nosso lanche embrulhado em papel de alumínio. Ou ia ser pão de forma com manteiga e azeitona verde cortadinha ou de salaminho com manteiga ou de Nucita. Eu torcia sempre pra ser o de Nucita. Minha irmã, eu não lembro onde sempre estava nessa hora.

Meu pai é que levava a gente pra escola de carro e depois ia trabalhar.

Minha mãe ficava dormindo.

Isso tudo era nos dias de aula.

Nos dias de domingo era diferente. Além de ser tudo mais tarde, ninguém ficava bravo. Às vezes, nem era meu pai que me acordava, e sim, minha mãe. Enquanto ela preparava alguma coisa na cozinha pra gente levar pra comer no Macabi, meu pai fazia o nosso café, mas só depois de ter voltado da feira. Se não tivesse nada em casa pra levar, ia ter que parar no caminho, na Brunella, pra comprar torta de palmito ou a torta bomba de chocolate.

Demorava pra chegar no Macabi, porque o Macabi ficava no Tremembé.

No carro, meu pai sempre colocava uma música do Pimpinela no toca-fitas e cantava junto a voz do homem e a voz da mulher. Do banco de trás, eu via pelo espelhinho do lado minha mãe disfarçando a vergonha que tinha do meu pai cantando. Eu olhava pra minha irmã, mas, como ela nunca olhava de volta, eu achava justo cantar junto as partes que eu sabia.

Tinha sempre a hora do 14-Bis, que ficava parado feito estátua no meio de uma pracinha redonda com grama. Meu pai fazia uma volta inteira na praça com o carro e ficava falando pra gente olhar bem porque era igualzinho o de verdade, mas eu sempre que já tava olhando. Toda vez ele inventava que o 14-Bis voava de costas.

Depois do avião ainda tinha que andar muito, ainda. Às vezes meu pai errava o caminho pra tentar escapar espertalhão do trânsito e minha mãe irritava com ele. Aí ninguém mais falava com ninguém, até chegar. Nem cantava também.

Pra chegar no Macabi precisava subir uma baita ramposna, mas, como era do outro lado da rua, tinha que ficar parado com o pisca-pisca ligado, esperando esperto parar de vir carro na contramão, pra poder virar rápido. No estacionamento de cima tinha sempre uma placa escrito "Lotado", então sobrava achar lugar no estacionamento de terra, lá no fundo, descendo, e depois voltar tudo andando carregando as sacolas. O barulho da roda do carro escorregando nas pedrinhas soltas que estalavam pra debaixo do carro era o que eu mais gostava de toda viagem.

Meu pai procurava um lugar com sombra, debaixo de alguma árvore, porque senão, na hora de ir embora, era um inferno. Tudo pelava e dava muito mau humor.

Eu subia a rampa de volta sempre com o corpo dobrado pra frente, que era um truque pra doer menos o músculo da coxa.

Na entrada tinha escrito Clube Israelita Círculo Macabi, do lado de uma estrela de Davi. Mas eu chamava ali só de Macabi. Meu pai falava o nosso número de sócio, noventa-noventa e dois, e a moça que ficava sentada do lado da porta de girar procurava nossa ficha numa caixa de madeira em cima de uma mesinha vermelha de metal emprestada do restaurante. Cada um tinha uma ficha com foto e a moça sempre avisava se alguém tivesse com o exame médico vencido. Se tivesse, não podia usar a piscina, precisava agendar outro no departamento médico, do lado do vestiário. Eu pedia pra Deus pro meu nunca ter vencido, mas também tudo bem, porque era só abrir os dedos do pé na frente do moço, depois os da mão, depois levantar os braços, depois virar de costas, depois mostrar bem a língua e pronto. Só era chata a fila.

Depois da porta de girar vinha a escada enorme.

Lá em cima, de um lado tinha o restaurante e do outro o salão onde, às vezes, tinha festa. A gente seguia em frente.

No caminho, passava pelo parquinho murcho, depois pelo Pedroca, que vendia chocolate, chiclete e bala, e depois chegava no gramado.

O zeide e a vovó ficavam ali, esperando.

Ele com a calça marrom escura, a camisa marrom clara de manga curta e chapéu. Ela de vestido preto, com desenho de flor branca. Os dois sentados um do lado do outro e, na frente deles, a toalha esticada no chão com os potes de comida tampados ainda por causa das formigas. As outras cadeiras faziam uma roda. Eles é que tinham pego já pra gente, pros meus tios e pros meus primos no departamento onde retirava cadeiras. Tinha que dar o número de sócio e podia pegar quantas quisesse, mas depois tinha que devolver.

Quando eles me viam, ficavam de pé e abriam os braços. Eu saía correndo e abraçava primeiro o zeide e depois a vovó. Eles queriam saber se estava tudo bem e eu dizia que sim.

Às vezes meu tio Boris e minha tia Meire já tinham chegado antes também. Aí, meus primos deviam estar na piscina. Eles podiam nadar sozinhos no tempo livre antes do almoço porque já eram mais velhos.

Eu não podia, então ia até a quadra bem mais lá nos fundos pra ver se encontrava alguém. Mas nunca encontrava.

O Macabi era bem diferente da Hebraica. Na Hebraica eu ia depois da escola, fazer a escolinha de esportes e nos sábados, pra encontrar meu outro zeide, o Mendel, e minha outra vó, a Dora. No Macabi não tinha muita coisa pra fazer, mas tinha uma floresta, uma quadra de futebol de campo, um trampolim, o Pedroca e o zeide Sucher.

Quando eu voltava da quadra, o almoço já tava todo aberto na toalha e meus primos pingando em cima. Tinha salada de ovo, sardinha fedida com cebola roxa, que eu não comia de jeito nenhum, pepino azedo, pasta de atum, salame, queijo, tomate – que a gente comia feito fruta, botando sal antes de cada mordida –, torta de palmito ou de frango e, de sobremesa, às vezes, a torta bomba de chocolate.

Depois de comer tinha que esperar uma hora até poder entrar na piscina, por causa da digestão, mas eu já ia pro banheiro, colocava a sunga, dava a cueca pra minha mãe guardar e tirava a camiseta pra ela passar o protetor solar.

Na piscina tinha sempre muita gente.

No trampolim quando chegava em cima, não tinha coragem pra pular. Meu pai ficava lá de baixo, insistindo, mas eu nem era louco, descia tudo de volta pela escada.

Meu pai nunca entrava na água. Quer dizer, entrar ele entrava, mas sem afundar. Um dia ele contou que nunca tinha mergulhado a cabeça. Nunca. Na vida. Nem ali na piscina, nem no mar, em Santos, onde ele morava quando era criança. Eu achei muito estranho aquilo, então, fiquei insistindo também pra ele experimentar, vai, pelo menos uma vez na vida, mas ele disse que não era nem louco e não foi.

Quando começava a ficar frio, a gente saía da água.

Alguém me embrulhava na toalha e eu ia tremendo pro vestiário tomar banho. Me ensaboava e depois tirava sozinho a espuma do corpo enquanto meu pai tomava o banho dele. Depois me ajudava a enxugar, a botar a roupa seca e penteava o meu cabelo.

De vez em quando eu gostava de ir ver ele jogar bocha. Era muito engraçado. Tinha que jogar as bolas de trás da linha branca e conseguir fazer chegar o mais perto que conseguisse da bolinha pequena. Podia também jogar com força pra bater na bola do outro time, se quisesse. Era legal, mas eu cansava logo. E também porque via que meu pai tinha vergonha de jogar na minha frente. Pra falar a verdade, eu também tinha um pouco de vergonha do jeito que ele jogava, meio sem jeito, com a mão meio dura. Não era assim que se jogava. Então eu dava a volta e ia pra trás da quadra. Um lugar escondido que ficava quase encostado no arame farpado do matagal. Acho que era ali que o Macabi acabava.

Um dia, eu vi uma aranha marrom gigante parada no tronco de uma árvore. Cutuquei com um galho comprido que catei do chão e ela ficou toda de pé. Juro. Levantou e ficou só nas duas patas de trás. Depois torceu as duas do meio em cima das duas da frente, e foi aparecendo, na ponta de cada uma, uma gota amarela de veneno. Soltei o galho e larguei o pau, batendo a mão na cabeça e no corpo. Eu sabia que não tinha nada, mas era só pra garantir.

Sempre que eu voltava pro gramado, encontrava o zeide sentado.

Meu zeide falava com as pombas.

A gente pedia e ele fazia um barulho com a garganta e elas vinham bem pertinho. Eu tentava imitar, mas não conseguia. Todo mundo no Macabi tentava e não conseguia.

Uma vez, teve concurso de fantasias de Purim, que é como se fosse Carnaval, só que judaico e com uma história triste. Toda festa judaica começava sempre com uma história triste. Minha vó Pina foi quem fez minha fantasia. Ela costurava bem. Sempre que tinha que fazer barra na calça ou pregar um botão que tivesse caído, ou remendar um rasgo no joelho, ou até costurar uma joelheira de borracha no uniforme, ela é que fazia. Tinha uma máquina de costura na casa da vovó Pina.

Minha fantasia era de rei. Tinha coroa, cetro dourado e capa de veludo. Eu tirei primeiro lugar e minha irmã, segundo. Não lembro qual que era a fantasia dela.

Às vezes eu levava lição da escola pra estudar no Macabi, mas, quando fazia uma pergunta pro meu pai e ele tentava me explicar e eu não entendia, ele ficava nervoso. Daí eu emburrava. Que nem ele, quando minha mãe brigava de ter errado o caminho. Só que, quando era eu, ele ficava bravo. Era muita injustiça e eu não sabia como fazer pra passar, então ficava olhando só pra baixo. Via tudo embaçado, mas ficava assim até ele desistir e sair de perto.

No final da tarde a gente brincava de caça na floresta. Meu pai ia se esconder no meio do mato e no caminho ia colocando umas flechas que ele mesmo fazia com galho ou com folhas de planta que ia encontrando. Quem procurava era só eu e a minha irmã. Mas era cada um por si. Tinha que ir seguindo as flechas até encontrar ele escondido.

Aquilo durava horas.

Era assim que terminavam meus domingos.

Como num sonho repetido.

No silêncio da floresta secreta.

Sozinho.

À procura do meu pai.

VIII

Não foi difícil de achar.

Sucher tinha o nome espetado na memória: Pensão Brickman.

Caminhando por ruelas intrigantes, revezavam-se os viajantes em repetir "Brickman" para os transeuntes que invariavelmente respondiam ao curioso grupo com um sorriso antes de esticarem alegres os braços apontando direções. Seguiam então os quatro, agradecidos, por mais algum trecho, ouvindo retalhos daquela língua cantada, vez em quando uma música que escapava de um canto e pássaros, muitos pássaros.

O cheiro era de mar com mijo.

Já diante da pensão, amoleceram quando a senhora ainda na porta os acolheu. Apresentou-se Mintze Brickman, enquanto, sustentada pela fétida brisa, voava-lhe das costas uma fita branca saída do avental.

Era faceira a dona e, ainda por cima, falava o romeno.

Sucher pôde, então, recostado no conforto da língua, explicar que acabara de chegar da Bessarábia, que era irmão de Srull Ciocler e de Tsive Ciocler. Contou que nas cartas falavam sempre daquela pensão, "Pensão Brickman", ele tinha certeza! Mas não sabia se ainda moravam ali porque fazia já bastante tempo desde a última correspondência.

Mintze ouviu calada o desamparo do menino para abrir, então, um bem largo e desdentado sorriso e depois anunciar à rua, em voz mais alta do que a precisada, que todo romeno que chegasse àquela cidade seria, como sempre fora, por ela acolhido. Enquanto caminhava para trás de um balcão solto, disse, agora em tom desafetado, que Srull Ciocler chegaria à noite, depois do trabalho, como fazia todo dia. E encerrou brusca a conversa autorizando o rapaz a esperar pela família no hall, acompanhado dos amigos fedorentos, se quisessem.

Sentaram os quatro, perdidos em seus desejos, em macias poltronas de um couro marrom alisado pelas palmas encardidas de suas mãos.

Ninguém ali ofereceu água ou sequer comida.

Para se distrair da fome fizeram-se piadas sem muita graça.

Sucher aquietou-se da conversa. Fechou os olhos e apoiou o peso da cabeça. Não estava feliz. Queria o Canadá, como havia planejado em segredo, construir seu caminho com as próprias mãos. Ter que recorrer ao mais velho, como aconselhava sempre Baruch, roubava-lhe um belo de um toco da vida que sonhara tão sozinho e em detalhes.

Quando chegou da rua, Srull encontrou o irmão dormindo com a boca aberta na cabeça tombada. Embora soubesse, por carta antiga do pai, datada de agosto, que depois de três anos de duras economias finalmente conseguira comprar uma passagem para o caçula, que embarcaria assim que conseguissem um passaporte e uma autorização, surpreendeu-se. Sabia da dificuldade que teriam de tirar de lá o filho, em plena idade de jurar obediência à suprema força militar do reino da Romênia.

Acordou-o, cutucando no ombro.

O garoto despertou assustado e pôs-se de pé.

Srull esforçou-se para reconhecer no moçoilo o pequeno que via correr pelos campos gelados de fumo do pai. Sucher, por sua vez, encontrou no homem o rapaz que via fumar escondido, a quem chamava de irmão.

Abraçaram-se sem muito entusiasmo. Nem jeito.

Sucher perguntou por Tsive, e Srull respondeu que logo a irmã chegaria. Srull perguntou pela família, e Sucher respondeu que estavam todos bem. Mas não aguentou o silêncio grosso que se fez sem seguida e queixou-se de fome. O mais velho respondeu que ensinaria a ganhar dinheiro para pagar por comida e descanso. À turma imunda, fez questão de ser bastante claro. Não tinha como ajudar pessoalmente, embora tivesse a certeza de que naquela terra não lhes faltaria trabalho. Prometeu apresentá-los o mais breve possível a conhecidos que se interessariam em ter como ajudantes jovens que fossem bem dispostos para a labuta.

Tsive emocionou-se ao encontrar o irmão mais moço, que não via já fazia tanto tempo, meu D'us! Mas não conseguiu deixar de olhar foi para Jacob, enquanto ouvia o grupo animado contar das aventuras no navio.

Dona Mintze permitiu que os rapazes dormissem aquela noite nas suas poltronas, forrando-as antes com toalhas usadas. Mas, no assunto da fome, da sede e do cheiro, nem mesmo raspou.

No velho tapete que carregara enrolado, estendido agora no chão do quarto emprestado do irmão, Sucher descansou o que coube de seu corpo exaurido.

Foi sacudido cedo de seu sono pesado. Ganhou um pedaço de pão com queijo. Depois vestiu-se atrasado e desceu para acompanhar Srull ao trabalho, conforme haviam combinado antes do boa-noite. Carregou, durante todo o dia, uma bolsa pesada nas costas por entre cálidas e malcheirosas vias, enquanto ouvia do irmão suas lógicas e macetes: toda semana pegava um ônibus na rodoviária ao lado do porto e viajava até uma cidade chamada São Paulo. O trajeto levava umas duas horas. Lá, descia numa estação próxima duma rua de nome 25 de Março, onde os árabes vendiam de tudo. Roupas, lençóis, tecidos, toalhas, fronhas, tudo de atacado e a preços muito bons. Comprava ali o que conseguisse e tomava de volta o ônibus até Santos, onde revendia, agora separadas, peça por peça, a mercadoria. O segredo era sair cedo pela vizinhança e bater de porta em porta oferecendo o que tivesse. O sucesso eram as camisetas Hering. Funcionavam como camisas de manga curta, mas mais finas, de algodão e sem botões. Vestia como uma camisola de dormir. Mas as camisas normais vendiam bem também, além das toalhas, dos lençóis e das fronhas. Se conseguisse chegar com os maridos de saída para o trabalho, apressados, as chances de venda aumentariam.

Sucher observava com atenção as investidas do irmão e, mesmo sem falar palavra daquela língua que achava bonita, não teve dificuldade em entender como tudo funcionava.

À noite, por ter ajudado no trabalho, pôde comer, banhar-se e ter um quarto só para si, onde dormiu na cama mais macia que alguma vez sonhou na vida, graças à promessa, endossada por Srull, de que pagaria pelo luxo ao final do mês. No banho de água quente, chorou ao deslizar entre os dedos o pequeno sabão cortado com estilete, que, de tão miúdo, o irmão chamava de sabonete.

Na manhã seguinte, seguiu outra vez os passos do primogênito, carregando nas costas o seu ganha-pão, e, à noite, no quarto agora seu, estudou as sentenças em português que pedira a dona Mintze que traduzisse do romeno num caderno velho que pudesse emprestar.

Em três semanas já arriscava pequenas frases e algumas visitas a bairros mais distantes, ficando com todo o lucro do que conseguisse, por graça, vender.

Soube enxergar o constrangimento desejoso que nascia nas madames diante da impossibilidade financeira e teve a ideia de oferecer-lhes, sem que Srull sequer suspeitasse, que dividissem o valor total da compra em parcelas iguais, em numero de acordo com o que cada uma pudesse pagar por mês, desde que levassem mais de uma peça por vez.

De volta, anotava na primeira coluna das folhas de seu caderno os nomes das conquistadas, na segunda, os seus endereços correspondentes, e na terceira, o valor que cada uma acordou pagar. Todo dia 30 saía cedo da pensão, seguia pelo roteiro guiado por setas na coluna do meio e, em cada endereço, cobrava da dona cujo nome lia na coluna um o valor da prestação anotado na coluna três.

Formou assim uma clientela fiel e pôde juntar algum bom dinheiro. Escondia as notas passando-as uma a uma enroladas pelo furo feito à tesoura no tecido do colchão, no lado virado para o estrado.

E assim correu veloz um ano.

Num fim de tarde estranho, o céu pintado de laranja feito quadro encomendado, Srull chamou Sucher para uma conversa à beira da praia. Arrastando displicente os pés descalços pela areia, disse ao caçula que, em suas andanças, agora andava escutando histórias estranhas sobre um lugar na costa, ao norte, chamado Ilhabela. Parece, continuou, que, por algum mistério que ninguém pôde ainda decifrar, dezenas, ou até ouviu falar centenas de embarcações haviam naufragado perto da ilha ao longo dos séculos. Embarcações de todo tipo e tamanho. Inclusive, disseram, um famoso navio inglês, de nome *Príncipe de Astúrias*, carregado com toneladas de ouro tirado das colônias, no século XVI, depois de ter sido atacado perto da costa por piratas. O que corria entre os pescadores que se reuniam perto do porto era que os nativos da tal Ilhabela haviam enterrado enormes tesouros saqueados dos navios afundados. Escondiam uma verdadeira fortuna em joias, segredos que foram guardados por gerações, até que um pescador afortunado foi cair ali depois de sumido em uma tempestade e voltou todo rico e enfeitado.

Sucher aparentava interesse na escuta, mas estava era incomodado com o vento todo que lhe batia na cara e a areia que lhe entupia os sapatos. Achou até graça do irmão contando histórias de pirata ao entardecer da praia, mas o que queria mesmo era voltar para a pensão. Afinal, estava já tarde, e era preciso fazer as contas, separar o dinheiro e decidir o itinerário do dia vindouro antes de se banhar, tomar a sopa e depois colocar-se em prontidão para o sono.

O irmão de súbito interrompeu a caminhada. Pôs-se de frente, estancou firmes os pés e encarou Sucher com gravidade. Ficou um bom tempo assim, sem fala, sem desviar um milímetro do olhar. Depois inclinou o corpo para a frente e, com certo ar suspeito, sussurrou que andava pensando em ir até o tal lugar tentar conseguir um pouco do ouro enterrado pelos nativos e que gostaria muito que o irmão o acompanhasse. Depois, calou. Embora mantivesse ainda o tom perigoso e continuasse pendendo para a frente.

Sucher tentou não emitir expressão. Seguiu encarando o inclinado sem mexer um músculo, na tentativa de decifrar se aquilo fazia parte de algum tipo de brincadeira cujo desfecho seria revelado, assim ou assado, de acordo com sua reação. Assombrou-se ao reconhecer naquele olho o olhar de Baruch, seu pai. Exatamente o mesmo olhar. Sentiu tremer as pernas e animar o espírito com a possibilidade de ter de volta um irmão e, junto dele, um belo de um toco de vida roubada.

Por incrível que parecesse, Srull estava falando sério. Mas decisões assim, repentinas, desde sempre o assustavam. Era preciso pensar com calma. Planejar. Calcular. Estudar. Esses dias em que ficassem fora comprometeriam, por exemplo, a renda mensal. Era preciso fazer contas, ter serenidade e sabedoria para refletir melhor sobre aquele devaneio com pôr do sol ao fundo. Pediu um tempo para poder se decidir.

De volta à pensão, esvaziou os sapatos pela janela e fez e refez as contas do montante que deixaria de lucrar e, por outro lado, do que deixaria de gastar, por dia, se saísse em viagem, e de quanto teria que desfalcar das suadas economias para bancar as custas da loucura.

No dia seguinte, convidou Naum e Jacob para uma conversa na praia. Uma vez reunidos, levou os ressabiados à beira-mar, tirando antes os sapatos, causando estranheza. Usou das mesmas palavras, pausas e gestos do irmão para contar-lhes sobre as famosas lendas de Ilhabela, das quais era profundo conhecedor, e de seu desejo de seguir com Srull. Perguntou se, caso decidisse partir, poderia contar com eles para manter seus negócios funcionando pelo tempo que fosse preciso. Naum, maravilhado e precisado, concordou prontamente e jurou cuidar de tudo, tomando emprestado para si a clientela do amigo pelo tempo que ficasse fora e dividindo os lucros meio a meio. Jacob se animou foi com a viagem e pediu para ir junto. Sucher atirou para cima um grito e, junto dele, os sapatos. Os outros dois imitaram desajeitados, mas ao menos as meias preferiram manter.

Na manhã seguinte, os irmãos se encontraram cedo no hall da pensão, como era costume. Na saída para o trabalho, o caçula segurou o braço do mais velho e disse que iria para Ilhabela se pudesse levar junto Jacob. Srull estranhou a firmeza do toque. Concordou com um gesto seco de cabeça antes de livrar o braço com estranha e desnecessária violência.

Por um mês, os três planejaram a viagem, colhendo informações preciosas com os pescadores e com a gente toda do porto. O melhor seria caminhar pela costa, contornando o mar. Com certeza encontrariam trilhas abertas por desbravadores e vilarejos espalhados pelo caminho. A distância era de uns cento e cinquenta quilômetros. Se conseguissem andar quinze por dia, levariam uns dez para chegar e mais dez para voltar. Sucher, acostumado com a neve, tranquilizou o grupo com o cálculo, ainda mais em terra firme e seca e tendo o mar à disposição para refresco e comida. Os últimos detalhes foram acertados numa noite excitante de sexta-feira sem sono, que culminou com os três estirados, sob o canto do mar e as estrelas da praia.

Partiram num sábado pela manhã, com alguma comida, um tanto de água potável e com o dinheiro contado, além de um separado para alguma emergência.

O caminho pela costa revelou-se logo quase todo impossível de rochas e penhascos, obrigando-os a embrenharem floresta fechada adentro.

Sucher não conhecia a mata. Nem Jacob. Nem Srull.

Avançavam por dia muito menos do que poderiam supor enquanto tentavam encontrar brechas minimamente viáveis naquele emaranhado absurdo de verdes. Conseguir comida confiável ou água que se pudesse beber parecia um milagre, apesar da abundância prometida à vista. Dormir, um pesadelo.

Quando enfim, encontravam um vilarejo pelo caminho, pagavam desesperados por um peixe cru, que misturavam com farinha e engoliam com pouca água. Com sorte, e mais algumas boas notas, conseguiam permissão para dormir nos barcos atracados na praia e assim partir um pouco mais descansados. Alguns pescadores eles convenciam a desviarem de suas rotas, sempre em troca de volumosas quantias, e assim puderam avançar uns bons trechos e recuperar algum tempo. Souberam de pequenas estradas de terra abertas na mata por onde eventualmente passavam caminhões que abasteciam o comércio local, nos quais arriscaram raras caronas antes de voltarem ao martírio assombroso da floresta.

Em cada povoado que chegavam, as histórias sobre Ilhabela e seus tesouros escondidos ganhavam novos e excitantes contornos, personagens, parágrafos ou até capítulos inteiros, que enchiam sua imaginação de fascínio e seus sonhos de dinheiro.

Ouviram, em volta de uma fogueira acesa apenas com a fricção entre dois gravetos, que os nativos da Ilhabela não só haviam saqueado as embarcações antigas como ainda rapinavam qualquer barco que porventura naufragasse perto da costa. Diziam as lendas que alguns chegavam até a afogar no braço os sobreviventes que eventualmente tentassem alcançar a praia, para roubar-lhes os anéis e as joias, ou mesmo seus dentes incrustrados com ouro, com um alicate, antes de deixarem afundar seus corpos. E isso por toda a costa até o Rio de Janeiro, não apenas na ilha.

De volta à mata, por conta do inchaço corpulento nas pernas das incontáveis picadas de uns malditos mosquitos minúsculos que lhes atazanavam a vida e os tornozelos, Sucher não pôde andar, ou sequer sustentar-se de pé. Foram três dias de febre, dormindo entre os espasmos de calafrio que o despertavam de pesadelos pavorosos. Pela primeira vez sentiu o medo da morte. Despediu-se em silêncio da mãe, do pai, das irmãs, e pediu-lhes constrangidas desculpas pelo fracasso. Ouviu sons inimagináveis. Reparou a respiração das plantas. Entendeu o canto de alguns pássaros e como prever as chuvas. Adquiriu estranhas imunidades.

Chegaram os três à bela ilha, moídos e torrados, depois de mais de um mês de sôfregas andanças pela mata, e não foram bem-recebidos.

Os nativos, sem embuço, desviavam de qualquer tentativa de contato e, às noites, trancavam-se, arredios, em suas cabanas, ostentando a decisão ajambrada de que o sono dos forasteiros fosse feito ao relento. Não demorou até que sucumbissem, desta vez Jacob e Srull, aos insetos, às febres e à implacabilidade do sol. Sucher cuidou dos dois como pôde e sentiu, pela primeira vez, o medo de morte alheia. Saiu na busca desesperada por alguma ajuda e foi quando entendeu que aquela gente nativa estava era também amedrontada. Aproximou-se, mantendo baixa a cabeça, de um que se preparava para sair em pesca e, num português manso e falho, contou, ainda que não recebesse de volta nenhuma atenção, que vinha de um país muito frio e distante. Puxou do bolso direito a lasca de ouro que carregava escondida e, com a outra mão, do outro bolso, um maço de dinheiro. Viu com o rabo do olho o pescador parar de revirar a rede e passear o olhar. Aproveitou para emendar que eles eram de bem, que apenas procuravam por uma grande quantidade daquilo, levantou a mão direita, e que poderiam pagar um bom dinheiro, levantou a esquerda. E que também precisava de remédio para os amigos que tinham caído doentes.

O pescador voltou para a rede. Quando terminou a amarração, buscou os olhos baixos do estrangeiro. Disse em voz honesta que todos ali tinham medo da polícia. Atraídos pelas histórias que se espalharam pela região, chegavam bem. Depois de conquistada a confiança, invadiam as casas e levavam presa gente inocente.

O homem empurrou o barco para dentro da água, montou na canoa com um pulo certeiro e de lá, gritou que o outro aguardasse por ele.

Remou para longe.

Na volta, encontrou o branquelo plantado no mesmo lugar. Enrolou no barco a linha, catou suas coisas e seu sustento e pediu que o acompanhasse, mantendo certa distância.

Diante de um casebre de madeira, na beira mesmo da praia, convidou a entrar. Dentro, ordenou à mulher que fosse para o quarto buscar remédio de febre e levou o amigo para uma espécie de cozinha, juntada com a sala. Afastou da parede uma rede pendurada em enfeite e bateu com força numa madeira, fazendo desprender do prego a tabuleta. Desencaixou com cuidado, meteu ali o braço inteiro e puxou de volta alguns poucos anéis e um par de dentes com mesclas douradas.

Sucher levou, pagando ao homem um suado acertado. Pagou também pelo remédio preparado e despediu-se, agradecido.

Permaneceram os três na ilha até se sentirem bem-dispostos para seguir. Os nativos pareceram-lhes menos arredios, provavelmente sabedores do escambo entre o estrangeiro e seu mais novo companheiro, que fazia questão de cumprimentá-lo todas as manhãs na areia, mas mesmo assim não conseguiram muito mais coisa, a não ser umas pulseiras, aparentemente sem muito valor, compradas de gente que se achegava do trio atrás de trocado. O melhor seria então continuar pela mata à procura das próximas aldeias e de seus tesouros prometidos.

Quando estavam prontos para partir, um sujeito magro, despido de camisa, aproximou-se e chamou Sucher para um particular. Ele foi. Voltou rápido. De sorriso matreiro no canto da boca. Catou mudo suas coisas e adentrou sozinho na mata. Os outros, não sem antes trocarem olhares ressabiados, o seguiram.

Já no fechado da floresta, seguros de possíveis ouvidos, quiseram saber de Sucher o que queria dele aquele homem.

— Quis me vender a ilha.

— A ilha? Que ilha? A ilha?

— Sim, a ilha!

— A ilha toda?

— Toda.

— Mas para que raios você ia querer comprar uma ilha?!

— Pois é.

— E o que você disse?

— Disse que ia pensar e, quem sabe na volta, dependendo do preço...

— Comprar a ilha? Meu Deus, só tem peixe aqui.

— E mosquito!

E riram os três, sumindo, confiantes, em seus destinos.

Assim foram, até o Rio de Janeiro, numa caminhada que durou três meses. Não encontraram tesouros enterrados, mas, dos vilarejos e das aldeias espalhadas pelo caminho, levaram o que vissem em anéis, correntes e inacreditáveis dentes dourados com raízes mantidas ainda intactas. A lenda sobre os endinheirados desbravadores que compravam o que encontrassem em ouro havia se espalhado pela costa. O trio era recebido com festa onde quer que chegasse.

Menos de um mês levaram no caminho de volta até Santos, abusando de caronas pagas com correntes baratas.

Chegaram desnutridos, esfarrapados e estranhamente silenciosos. Venderam o que tinham em ouro pelo preço que valia o peso metal.

Com o dinheiro, Sucher comprou uma bicicleta e assim pôde aumentar consideravelmente a clientela que tomou de volta. Alugou ainda um chalé de madeira, no Campo Grande, na famosa rua Espírito Santo, e pôde deixar a Pensão Brickman, agradecido e com todos os combinados quitados. O que sobrou e mais as joias que preferiu guardar, escondeu num buraco que abriu na parede de madeira falsa da cozinha, camuflada com uma mesa de jantar.

Numa noite particularmente quente, Sucher recebeu a visita de Chaike, bom amigo que fizera na pensão. Estranhou a hora e o nervosismo do camarada, mas cumprimentou-o gentilmente e convidou para a sacada.

Assim que repousou o chapéu no joelho trêmulo, Chaike começou a falar. Disse que sua esposa tinha uma irmã, Josepha, muito bonita. Contou que o pai era um bom homem, Moiche, que viera para o Brasil coincidentemente também emigrado da Bessarábia. A filha nascera em São Paulo, mas todos tinham ido tentar a vida no sul. Moravam agora numa cidade pequena, Santa Maria. Estava procurando por um bom marido para a filha. Era bonita. Agora o amigo tinha uma casa, estava bem de vida...

Sucher esperou calado até certificar-se de que o outro havia terminado. Então, pediu que mandassem vir, o mais rápido que pudessem, a moça, para que ele pudesse conhecê-la.

Assim que o amigo saiu agradecido pela porta, Sucher foi até a cozinha e afastou, do canto, a mesa. Meteu o braço pelo buraco e puxou de lá um bom maço de dinheiro agarrado por elástico.

No quarto, fechou a porta, separou quatro daquelas notas e voltou com o bolo para o buraco da cozinha.

No dia seguinte, acordou cedo.

Deixou encostada a bicicleta.

Caminhou assoviando até o porto e ofereceu ao conhecido ambulante comprar dele seu cavalo. Tirou do bolso as quatro bem dobradas e contou-as na frente do pobre.

O errante ainda desatava da carroça o nó apertado quando quis saber para que o outro queria o animal.

Mas Sucher manteve quieto seu desejo até que o sujeito terminasse de libertar o bicho.

Pegou nas mãos a ponta desatada e partiu puxando preso o manso desconfiado.

Já de costas, gritou que era uma surpresa. E, como se afastava, ninguém viu brotar na boca o sorriso matreiro no canto direito.

IX

Na pequena estação de Santa Maria, Pina só conseguia olhar para os próprios pés. Junto deles a mala pequena, cheia de algumas poucas roupas e, aninhada nela, a outra, maior e ainda mais rebentada, que guardava a máquina de costura embrulhada em lençol para proteger.

Mesmo com os olhos baixos, viu Moiche esticar em sua direção um pacote amarrado em nós de barbante e pôde ouvi-lo explicar que aquele embrulho escondia dobrado o terno que usara em seu próprio casamento e que guardara ansioso, por toda uma vida, pela alegria de poder outra vez "ousá-lo", quando chegasse o casamento da filha. Com alguns poucos ajustes, claro. Riu sozinho do próprio trocadilho. Pediu que levasse consigo aquele embrulho para facilitar-lhe depois a viagem, quando chegasse o expectável momento, uma vez que com ela iam as duas malas.

Segurar aquele pacote fez Pina parar de tremer. Levaria no colo ao menos uma certeza.

Abraçou a mãe e conseguiu sussurrar-lhe no ouvido uma gratidão.

O pai, não. Manteve os olhos baixados, em sinal de respeito, e esperou dele um arrojo qualquer.

— É um bom homem, e rico! — Foi só o que disse.

A viagem até São Paulo durou dois dias. Pina seguiu à risca o ordenado e todo o tempo ficou sentada, bem atenta e agarrada ao embrulho. Um absurdo um trem daqueles, feito para tanta gente, viajar por dois dias sem parar por um minuto para que as pessoas pudessem aliviar do xixi. Ajustou o pacote para que não lhe comprimisse a barriga e decidiu recusar a água e a comida que lhe oferecessem, para não sentir apertar a vontade.

Quando o vagão arriou elegante na estação da Luz, Pina foi a última a desembarcar. Por sorte, a irmã já aguardava próxima à plataforma, junto ao marido, e, logo que a viu, correu ao encontro.

Pareciam apressados.

Chaike pegou as malas das mãos da cunhada, depois de breve cumprimento, e seguiu a passos nervosos pela estação lotada. Sophia justificou aquela aguça afoita por terem ainda que tomar outro trem, que partiria em poucos minutos. Enquanto corriam as duas para alcançar aquela pressa, Pina disfarçava a vergonha da vontade de um banheiro.

A viagem até Santos durou bem menos do que a outra. Sophia até que tentou puxar conversa. De duas, uma: ou a menina crescera muito tímida, ou, então, era limitada.

O comboio freou à tardezinha.

Na saída da estação, Chaike decretou que os doze quarteirões até a casa, fariam a pé.

Quando alcançaram a orla, Pina viu pela primeira vez o mar. Era de fato muito bonito. O sol, imenso, descia também apressado. Temeu a bola laranja não desistir da troça e resolver de fato mergulhar na imensidão de água. Torceu pelo mar, caso o ensandecido fosse mesmo adiante.

Mas não lhe deram tempo de conferir o desfecho.

Na casa da irmã, mais precisamente no banheiro, pôde finalmente aliviar-se. Ofereceram toalha para o banho, mas, de comer, nada. Achou melhor tentar dormir.

Na manhã seguinte, levantou cedo, como era seu costume, andou pela casa guiada pelos sons que vinham da cozinha, e encontrou ali a irmã sozinha. Cumprimentaram-se. Sofia pareceu-lhe estranhamente confrangida. Foi direta:

— Pina, se quiser morar aqui vai ter que ajudar na casa e pagar pela comida.

Claro que ela ajudaria na casa, como também fazia no lugar de onde veio, mas pagar para comer? Moishe não lhe dera nenhum dinheiro. Pediu uma fruta ou um pão e jurou que daria depois um jeito.

À noite, andou sozinha em volta de si para tomar coragem de aproximar-se de Chaike e pedir que lhe trouxesse da rua um pedaço de feltro. Sabia fazer chapéus e sabia também costurar. Na sua pequena máquina poderia fazer reparos para ajudar.

Excelentes, os chapéus de feltro que o cunhado passou a vender para a exigente freguesia.

Dezembro passou logo.

A moça sabia que seria no baile de Réveillon da comentada Pensão Brickman o encontro armado com seu pretendente, a razão daquela viagem. Chegado o dia, aprumou-se. Cobriu com tecido o medo que vestia seu corpo e nos pés calçou o tropeço de sua ansiedade.

Ficou encantada com a orquestra de quatro violinos e com os lustres de gotas de vidro que desciam do alto.

Pediram a ela que ficasse quieta num canto para que fossem buscar o prometido.

Aproximou-se o rapaz, acompanhado de Sophia e de Chaike, e estendeu-lhe a mão apresentando-se como Sucher. Pina não levantou o olhar e tampouco lhe dirigiu a palavra, conforme lhe fora ensinado. Apenas sorriu e cedeu sua mão.

Deixaram-nos a sós.

Sucher gostou de Pina.

Pina não soube dizer se gostou de Sucher.

Não que tivesse parecido desinteressante ou causado algum tipo de repulsa, longe disso. É que nunca na vida que conseguia mesmo saber se gostava ou não de alguma coisa.

Sucher passou a frequentar a casa de Chaike sempre à derrocada do dia, depois do trabalho. Sentavam todos à pequena sala enquanto tomavam chá ou café. Pina assistia às conversas da cadeira de canto. Não entendia muita coisa do que diziam, então, invariavelmente distraía-se e imaginava os chapéus que faria quando o namorado partisse. Na despedida, ele pegava, delicado, sua mão e lhe dirigia um educado "até logo".

Cansado de visitas previsíveis, Chaike chamou Sucher para uma conversa em particular. Caminhavam pela rua quando deslanchou o assunto de andar abespinhado com Pina, porque havia se desvelado uma moça muito da gastadeira. Estava dando muita despesa. Sempre que ele chegava em casa depois do trabalho, por exemplo, encontrava a luz do quarto dela acesa. E assim ficava, a noite toda. Quando pedia que apagasse, a atrevida retrucava que precisava de luz para trabalhar, que não conseguia enxergar no escuro, que sempre fora meio fraca da vista. Ora, aquilo não era possível! A noite toda, passava costurando. Mesmo que exigisse obediência, tinha certeza de que ela o desrespeitava assim que adormecia, porque as despesas com a eletricidade estavam ficando absurdas. Encerrou a prosa sugerindo que o melhor para todos seria que o amigo se apressasse em levar a noiva, se ainda quisesse ficar com ela, claro.

Na visita seguinte, Sucher apareceu mais cedo e bem-vestido do que de costume. Pediu aos donos da casa que convocassem Pina. Quando voltaram, pediu que os deixassem sozinhos. Quando a sós, pediu-a em casamento.

A única cerimônia acertada foi a religiosa.

De São Paulo, Sucher trouxe trinta metros de morim para que Pina fizesse os lençóis, as toalhas e as fronhas do enxoval e uma peça de algodão que encontrou em promoção para que criasse seu próprio vestido.

Diante da máquina, a nubente escreveu uma carta aos pais contando que se casaria no dia 23 do mês de março e que morria de saudades. Disse que os esperava ansiosa e que seria ótimo se conseguissem chegar alguns dias antes do casamento para que ficassem um tempo juntos e ela pudesse mostrar-lhes a praia e apresentar-lhes o mar. Deu o endereço da irmã, ensinou que em São Paulo teriam que pegar outro trem, alertou para que se apressassem entre a chegada de um e a partida do outro, porque a diferença seria de apenas alguns minutos e aconselhou a não beberem muita água durante a viagem. No parágrafo derradeiro, falou outra vez da saudade, um pouco de Sucher, e chorou. De noite, pediu a Chaike que colocasse a carta no correio. De volta ao quarto, abriu o pacote com o terno, esticou-o com delicadeza e colocou-o alisado num cabide ao pé da cama.

A cerimônia religiosa foi lindamente conduzida pelo próprio shochet de Santos. Na recepção, oferecida em seguida naquele mesmo salão da pensão, com chope à vontade para os convidados, Sophia encontrou Pina soluçando atrás de uma coluna. Irritada, quis saber o motivo daquela prantina. A irmã respondeu que sentia doer de tristeza o peito. O pai não aparecera para o casamento, nem sequer respondera sua carta. Aquele terno era, na verdade, uma farsa. Fora despachada para sempre, ludibriada na estação chorosa de Santa Maria.

Sophia limpou com força as lágrimas, tentando apagar de Pina qualquer vestígio da tristeza. Aquela cerimônia devia ter custado um bom dinheiro, e o mínimo que ela podia fazer era demonstrar um pouco de gratidão e respeito.

Finda a festa, os convidados ainda agrupados na calçada, Sucher pediu licença e afastou-se.

Voltou puxando pela mão um cavalo atado a uma carroça de madeira.

Montou, tomou as rédeas numa mão e, com a outra, puxou a esposa, cuidando para que não se atrapalhasse com o vestido. Quando arranjados, cutucou o cavalo e os dois sacolejaram pela rua esburacada e ainda úmida da chuva. Sucher conseguiu virar-se ainda a tempo de acenar.

Pina não quis olhar para trás.

Nunca mais.

X

"Chernivtsi, Ucrânia
1940

Srull, Tsive, Sucher

Desculpa no escrito errado.

Os alemões levaram Sure.

Bateu no porta com socos e gritou o nome dela.

Sure! Sure! Sure!

Mandei ela esconder para cozinha.

Enia abriu o porta e eles empurram e eu caiu na chão.

Tentei calmar, oferece cigarro.

Acham ela e arrastaram no braço.

Enia garra no saia da mãe e eles bateu nela.

No ombro.

Mounte machucada.

Bateram no mim também, nos costas, com fuzil.

Eles apontam metralhadora e gritou no alemão.

Não deu pro entender o que eles quereu.

Nós fica na chão até eles foi embora.

Hoje fui até no conselho de Russiane.

Foram eles que deu os nomes. Nazistas vem e querem quarenta e cinco judeus para o trabalhar no gueto e eles deu os nomes. Dos velhos. Para salvar crianças e fortes que ainda trabalham e sustento no família.

Foi isso, eles mesmo deu os nomes.

Levaram a mãe du vocês. Sure.

Ela chorava du saudade. Tudo dias desde começa o guerra.

Enia agora que chora.

Tudo dia.

Não sei o que faz.

Espero esse papel encontre bem.

Buma

Sucher dobrou a velha carta, obedecendo seus gastos vincos.

Desta vez, manteve-a segura nas mãos.

Olhou para os lados do corredor vazio e aquietado.

Na sala de parto, Pina dava à luz ao segundo filho.

Nascesse menina, e ele daria o nome da mãe. Sure, torceu com o peito.

Boris comportava-se ali, bem sentado ao lado do pai.

Quando chamaram no quarto, a enfermeira trouxe embrulhado em cobertor um menino. Era franzino, ele, e feio.

Como não havia na família nenhum falecido homem cujo nome ainda não tivesse sido homenageado, Sucher quis chamar aquele de Yacov, nome hebraico de Jacob, amigo e companheiro de viagem que morrera fazia nem um ano ainda. Como Jacob deixara viúva Tsive, a única que conseguira sair da Romênia antes da maldita guerra, nada mais justo que fosse considerado como um da família. Aquele menino franzino chamaria Yacov.

E acharam que Jackson fosse uma boa tradução para o português.

Sure ficaria, então, guardado para quando viesse a primeira neta.

XI

Ao procurar em casa por roupas limpas que pudesse levar para Pina no hospital, Sucher permitiu-se sentar de tristeza na beirada da cama. Abriu a gaveta da penteadeira encostada e encontrou sob seus cadernos a foto que procurava: Pina com Boris ainda bebê no colo, Tsive com a pequena Berta e, ao lado delas, o amigo querido, cujo nome, além de um pedaço da alma, como diz a tradição, habitaria agora para sempre o corpo de seu filho recém-nascido.

Morreu de cirrose, o pobre, rápido, sem nunca na vida ter metido uma gota de álcool na boca. O tratamento com chá de piolho não surtiu nele qualquer efeito.

D'us e seus estranhos e insondáveis desígnios.

Alegrou-se da homenagem que pôde fazer e permitiu-se demorar ali, naquele canto de cama, o quanto mandasse a saudade.

XII

Se a minha mãe avisasse que no próximo domingo a gente ia no Lar dos Velhos, no próximo domingo colocava eu e minha irmã no banco de trás do carro e a gente ia mesmo.

No Lar dos Velhos morava a vovó do Periquito. Era a velha mais velha que eu já tinha visto. Era tão velha, a velha que do lugar onde tem bigode no homem saía pelo. Tão grossos que dava aflição de ver furando a pele enrugada. No queixo também tinha. E duro, também. Eu sei porque pinicava quando ela beijava. Em mim pelo menos sim, na minha irmã não sei, porque ela não coçava.

A vovó do Periquito ficava sempre vestida de camisola e andava arrastando o chinelo.

Quando chegava no Lar dos Velhos, minha mãe tinha que procurar uma vaga na rua. A gente descia do carro e andava a pé até o portão verde da entrada. Ficava sempre aberto. Tinha uns homens lá, às vezes na mureta da rampa, mas não dava pra entender se eram os seguranças.

Enquanto minha mãe falava pra moça da recepção o nome completo dela, eu ia até a parede de janelão de vidro e olhava o pedaço do pátio que dava pra enxergar. Os bancos, uma parte do caminho na grama, umas árvores e uns velhinhos branquinhos.

Depois que a moça autorizava, a gente saía, atravessava o chão de pedra e subia a rampa do outro lado, que ficava encostada num muro alto. Eu dobrava o corpo pra frente, que era um truque pra doer menos o músculo da coxa.

Na subida, minha mãe dava uma mão pra mim, a outra pra minha irmã, e sempre pedia pra gente conversar com a vovó quando chegasse no quarto. Eu nunca sabia conversar com a vovó do Periquito. Mas sabia falar "oi", sabia responder que "sim" quando ela perguntava se estava tudo bem e sabia falar "obrigado" quando dava chocolate.

Tinha dia que minha mãe chorava na subida da rampa. Pedia pra gente jurar que, quando ela ficasse velha, nunca ia colocar ela ali, no Lar dos Velhos.

Eu jurava porque ela tava chorando, coitada, mas, no fundo, não entendia por que ficava falando aquilo. Nunca que minha mãe ia ficar velha daquele jeito, e também eu achava bonito ali. Tinha árvore, flor, passarinho. Se ela achava tão ruim, por que então não levava a vovó do Periquito pra morar com a gente lá em casa?

Depois da subida, tinha que andar num corredor comprido inteiro cheio de porta e depois virar à direita. Quando virava, já dava pra ver a vovó esperando debaixo da porta do quarto dela, de camisola branca e chinelo. Dava um beijo em mim, um na minha irmã e outro na minha mãe. Eu coçava e falava "oi". Perguntava se estava tudo bem e eu respondia que sim. Aí, ela entrava no quarto e vinha com a caixa de chocolate. Abria, dava um pra mim e outro pra minha irmã. O meu, eu comia.

Se tivesse tempo bom, a gente ia no pátio. A vovó do Periquito andava bem devagar e apoiava no braço da minha mãe. Eu ia atrás, com a minha irmã do meu lado, só ouvindo o barulho do arrastado. A gente não ficava muito tempo no pátio. Voltava logo pro quarto e aí ela dava outro beijo em mim, outro na minha irmã e outro na minha mãe. Eu coçava outra vez o pinico da bochecha e achava justo mais um chocolate, mas ela não dava.

Na descida da rampa, tinha vez que minha mãe chorava outra vez. E tinha dia que ficava chorando até chegar no carro e no caminho todo de volta pra casa. No banco de trás, eu olhava pra minha irmã pra tentar saber dela se a gente ia ou não colocar a mamãe no Lar dos Velhos quando ela ficasse velha, mas ela nunca que me olhava de volta.

Um dia que eu tava brincando na sala, minha mãe agachou na minha frente e depois me abraçou. Tava chorando e disse abraçada que a vovó do Periquito tinha morrido. Eu fiquei abraçando ela de volta. Quando largou perguntou se eu tinha ficado triste e eu falei que mais ou menos. Aí ela me perguntou se eu sabia quem era a vovó do Periquito e eu disse que sim, que era a velhinha que morava no Lar dos Velhos e que dava chocolate. Ela quis saber se eu sabia o que era uma bisavó, e eu disse que não. Pegou minhas duas mãos e perguntou de quem a vovó do Periquito era mãe, filho?

Não sei por que, mas fiquei com um pouco de muito medo. Balancei a cabeça que não sabia.

— A vovó do Periquito era a mãe da vovó Pina, filho.

Mãe da vovó Pina?

Como assim a vovó Pina tinha mãe? Nem sabia que vó podia ter mãe se quisesse!

Isso tudo eu não falei. Só pensei.

Fiquei enjoado.

Eu não queria perguntar o que eu queria perguntar, mas, como ela não saía da minha frente, não teve outro jeito.

— Você também vai ter uma mãe?

Ela deitou um pouco a cabeça pro lado e disse meio rindo, meio com choro, que a mãe dela era a vovó Dora. Assim como a vovó Pina era a mãe do papai.

Corri pro meu quarto e tranquei a porta comigo dentro.

XIII

Exatos dez meses depois do casamento do qual saiu sacolejando, Pina deu à luz o primeiro filho, sobre a mesa de jantar. Nascesse homem e, no hebraico, chamaria Baruch, em homenagem ao avô recém-falecido, conforme desejo e instrução do marido. Assim foi, e acharam que Boris fosse uma boa tradução para o português. Enquanto permanecia internada em São Paulo, embora limpa já da placenta esquecida no ventre, Boris, no hebraico Baruch, se contorcia de fome no colo do pai em Santos.

Sucher pagou um anúncio desesperado no jornal à procura de uma ama de leite e esperava agora por uma resposta. Na casa esvaziada, via o filho definhar em seu colo. Temeu um desígnio trágico e pressentiu que deveria ao menos registrar o menino, antes mesmo da alta da mulher, antes que fosse tarde.

Deixou o rebento berrando aos cuidados da empregada e caminhou desabitado até o cartório, vestindo paletó e chapéu para proteger da chuva fina que misturava na maresia. E porque caminhava de cabeça baixa, flagrou nos sapatos a própria pressa e aturdiu com a rapidez com que, apercebeu-se, correra com a própria vida. Diminuiu o passo e baixou os ombros, que, reparou, estavam nas orelhas. Entrou-lhe o ar nos pulmões. Lembrou-se do pai, como virara costume desde a notícia de seu falecimento. Pensou no filho, agarrado agora por um fio à sua tão breve vida, e decidiu ali o pai que seria se sobrevivesse o menino.

Pela tradição judaica, dar a um nascido o nome de um ente querido significava dar, para além do nome, um pedaço de sua alma; ele sabia muito bem disso. Por mais que lembrasse do pai sempre longe, Sucher reconhecia o quanto o velho havia trabalhado para tornar-se um justo. Sempre foi forte como um touro e saudável enquanto pôde. Um bom pedaço de sua alma ajudaria o neto que carregaria seu nome.

No cartório, foi constrangido. O escrivão riu-lhe na cara quando recebeu de suas mãos a certidão do casamento religioso.

— Está em idioma hebraico — esclareceu Sucher diante do escárnio.

O sujeito empurrou-lhe de volta o documento amassado, catou agastadiço uma ficha na gaveta e perguntou pelo nome completo da mãe do requerente ao registro.

Sucher não soube responder. Chamava a esposa de Pina, como todo mundo fazia. Vasculhou o documento que tinha de volta nas mãos, mas encontrou ali, da mulher, apenas o nome em hebraico, Pessya, seguido do sobrenome de solteira, Jaratz.

A demora fez o escrivão relaxar, incrédulo, o corpo gordo na cadeira giratória. De lá, espalhou pela repartição mais tarde, viu o homem em pé transpirar de nervoso.

Sucher tinha uma boa memória, mas nunca quando precisava dela. Um lampejo milagroso, como costumava ser, resgatou-o a tempo do lamaçal onde afundava junto com a honra: Chaike, sentado na sala da antiga casa de madeira, chamando por Josepha a moça a quem queria apresentá-lo.

Mas Pina era um apelido estranho para quem chamasse Josepha. Foi outra vez agraciado com lampejo, dessa vez de genialidade:

— Josephina! Josephina Jaratz!

E assim ficou registrado na lei: Boris Ciocler, nascido em 20 de janeiro de 1936, na cidade de Santos, filho de Samuel Ciocler e Josephina Jaratz, até que se provasse por certidão de casamento brasileira que a mãe carregava o sobrenome do marido.

Sucher queria manter-se Sucher na certidão do filho, mas no Brasil Sucher chamou Samuel, segundo o documento que o naturalizava, então, não havia discussão.

Voltou para casa com a papelada metida no bolso da calça, vigiando o passo para que ficasse manso e os ombros, negligentes. O chapéu, carregou-o nas mãos para permitir na cara um pouco do fim da chuva. Com as gotas-alfinete beliscando o topo da cabeça lembrou, sabe-se lá por que, da mãe. Quis muito poder contar-lhe do filho e da homenagem que fizera a Baruch.

A última carta chegou quando Pina estava já grávida de três meses. Perguntava como havia sido o casamento e pedia uma foto. Conhecendo bem a velha Sure, soube reconhecer naquele pedido a exigência de uma prova de que realmente casara, e com uma boa moça judia. Mas, como o casório havia sido três meses antes e ninguém nem sequer havia pensado em fotografia, pediu à Pina, ou melhor, Josephina, corrigiu-se sozinho, que alargasse um pouco o vestido de noiva.

Sucher jogou para trás a cabeça e os braços e gargalhou de olhos fechados na garoa. Revia na memória a expressão assustada do famoso retratista ao ver entrar no estúdio a mulher grávida, vestida de noiva, tentando manter-se a todo custo de frente para esconder os botões escancarados das costas.

Na foto, ela mal conseguiu segurar o segredo no rosto.

A barriga, disfarçaram com rosas, disfarçadas de buquê.

XIV

Como Boris estava prestes a completar cinco anos, Pina convenceu Sucher a receber em casa familiares e amigos para um bolo com suco.

Na mercearia da esquina, pediu por favor emprestada a folhinha para conferir o dia da semana em que cairia a efeméride do filho.

No mês de janeiro, escorregou o dedo até o dia vinte.

Foi preciso cadeira e um copo com água e punhado de açúcar. No calendário estirado no colo, o indicador duro prensava o quadrado do qual, vermelhas e graúdas, saltavam impressas as letras: "Dia de São Sebastião".

Abanada, por entre as vozes confusas que lhe acudiam amontoadas, voltou do desmaio lembrando vagamente de onde vinha. Dos confins da memória, surgiram estendidos dois braços negros chamando de Tião seu Boris menino com a fralda apertada.

Voltou recuperada para casa e tomou do colo da empregada o filho.

Manteve-o premido o quanto aguentasse sem reclamar.

Refez os longos cachos que pulavam de sua cabeça.

Sucher é que tinha ordenado que não lhe cortassem o cabelo até que completasse os cinco, conforme dita a tradição. Iniciara uma vertiginosa viragem religiosa depois que vira nascer o primogênito. Mergulhara devoto nos estudos autodidatas do hebraico, da Torá e das interpretações dos cânticos. Nas rezas, conheceu uma alegria a que chamou de D'us. Vivia atormentado com a difícil tarefa de criar descendentes em tão conturbados tempos, num país católico e caótico, de desmiolado presidente que agora andava ensaiando aliar-se aos desgraçados alemães, que outra vez ameaçavam zombar dos contornos do mundo. Sonhou então erguer uma sinagoga e quem sabe até uma escola onde os pequenos pudessem aprender o hebraico, quem sabe um pouco do iídiche, além da matemática, da geografia e das ciências. Afora a história daquele país que os acolhera, poderiam conhecer também a história e as tradições de seu povo com igual afeição. Aferrou-se à ideia de que seria dele a responsabilidade pela permanência do judaísmo na família. Esculpiu na alma o molde da rigidez que passou a imprimir em casa. Tornou-se um pai silencioso e justo, severo e exigente. Moldou-se em seu D'us. Ou talvez na lembrança do que, para ele, fora um pai. O essencial não deixaria jamais faltar, mas que não se afeiçoassem a nada para além disso. Fora criado assim e assim criaria os seus.

Pina deixaria o cabelo do menino crescer para sempre, não fosse a exigência em papel timbrado, assinado por dona Zilda Basili, diretora do Colégio Ateneu Independência, onde Boris entabularia sua vida escolar. Levou então o filho ao barbeiro e pagou por um corte que não fosse melancólico.

Já em casa, de cabelo bem cerrado, Boris ajeitou-se na roupa do corpo para esperar o pai chegar do trabalho.

Assim que Sucher entrou, encontrou a cria ao pé da porta. Vestia a camisa do pijama bem arrumada para dentro da calça, lutando para segurar abertos os olhos com sono.

Não lhe dirigiu palavra.

Atravessou a sala, lavou-se no banheiro e voltou para sentar-se à mesa e esperar pela merecida janta.

Não que não tivesse reparado no corte ou quisesse magoar o filho, mas era assim que faria D'us.

Ou, pelo que lembrava, um pai.

XV

No Dia dos Pais, levei o meu para o cemitério.

Era 12 de agosto de 2011.

Junto, mais dois amigos, meu tio Boris, duas câmeras e um microfone.

Pedi aos irmãos que esperassem um pouco afastados até a hora da filmagem. Ali, na quadra de baixo, perto do bosque.

Com meus amigos e o equipamento fui até o endereço do túmulo para pensarmos juntos numa sequência que, eu intuía, seria a de abertura do filme, com os créditos surgindo sobre as imagens, uma música que sugerisse saudade e, com sorte, algum clímax que antecedesse o corte para a tela preta na qual surgiria em *fade-in* o título: ZEIDE.

A quadra onde fica enterrado Sucher é vizinha pela parte de baixo de uma grande área verde ainda não ocupada. Embora já dividida por caminhos e quarteirões, à espera de gente morrida, com a grama sempre muito bem aparada, é por enquanto apenas a encosta de um morro que desemboca num bosque.

Caminhando, em busca de alguma inspiração, coloquei-me exatamente na fronteira entre aqueles dois mundos. Em frente, a bucólica paisagem, às costas, o desfile duro de lápides enfileiradas. Aquele era o ponto cêntrico, a fronteira física entre a morte e a promessa dela. O som era dos pássaros e do vento.

Ali para baixo, perto das árvores, minúsculos, flagrei caminhando meu pai e meu tio. Pareciam àquela distância dois meninos largados. Como um dia foram, pensei.

E a cena iluminou-se no escuro das ideias.

Armei a câmera no tripé e pedi a meus amigos que esperassem pelos dois com a outra já perto do túmulo e que, pelo amor de Deus, conseguíssemos todos um registro sem erros de cada detalhe do que viesse a acontecer. Teríamos apenas uma única e preciosa chance para capturar e armazenar a real espontaneidade daquele encontro.

Falando mais alto do que convinha num cemitério, ainda que esvaziado pelo cedo do horário, pedi daquele longe a meu pai e meu tio que, quando eu gritasse ação, eles caminhassem tranquilamente, como faziam agora, sem parar de conversar, e viessem subindo o gramado pela ruela de concreto que os levaria em linha reta até a lápide do zeide, atrás de mim. Pedi que passassem rente à câmera, sem desviar do caminho, sem olhar para a lente, por favor, e que quando chegassem diante do túmulo agissem conforme viesse a vontade, como se não houvesse ninguém ali filmando, ok? Os dois concordaram com um sinal vibrante de positivo.

Enquanto preparava a câmera, me dei conta de que aquela seria a primeira vez que presenciaria meu pai como um filho, depois de ter me tornado, eu também, um pai. E como era provável que tudo fosse emocionalmente bastante confuso, a maior atenção seria em não me deixar cair em qualquer armadilha que viesse do inconsciente. Eu tinha que assistir ao que quer que acontecesse como alguém neutro, esvaziado de informação.

Fechei os olhos com força e gritei: "Ação!".

Quando mirei o monitor, vi, além da luz vermelha que me jurava que a câmera estava mesmo gravando, dois meninos. Sim, pareciam meninos. Embora estivessem longe, dava para ver que o da esquerda vestia uma roupa escura e o da direita, uma mais chegada no bege. Conversavam e gesticulavam apontando o gramado em volta. Não se podia ouvir sobre o que falavam. Conforme se aproximavam da câmera, na subida pela ruela de concreto, envelheciam. A diminuição da distância fazia saltar na lente, de tempos em tempos, surpresas. As roupas, de uma hora para outra, viraram roupas de adulto. Calças sociais e casaquinhos de lã. Não eram crianças. Uma boina apareceu na cabeça de um. O caminhar, que parecia infantil, era na verdade inseguro. Duas barrigas igualmente proeminentes, depois óculos, cabelos brancos e, finalmente, a pele enrugada e manchada da mão que passou rente à lente, fazendo girar a câmera no eixo, revelando um mar de lápides. Estavam em um cemitério! Crianças que envelheciam enquanto caminhavam em direção aos mortos.

Lindo!

Filmei-os um pouco parados, ainda de longe, de frente para uma tumba qualquer. Depois, catei a câmera ainda atracada ao tripé e fui correndo me juntar aos amigos que filmavam de perto.

No visor outra vez, vi meu pai tirar do bolso uma vela branca e uma caixa pequena de fósforos. Sim, meu pai. Já não conseguia mais fingir que não os conhecia. Nem queria. Eram meu pai e meu tio diante do túmulo do pai deles, meu zeide, em pleno Dia dos Pais. E eu, àquela altura, já sentia, tolo de mim, que tinha nas mãos, ou melhor, no cartão de memória, a cena de abertura mais linda da história mundial das cenas de abertura dos documentários sobre avôs.

Os irmãos então se dirigiram à cabeceira da lápide, onde fica presa uma caixinha de metal com duas portas perfuradas fechadas a trinco, própria para manter acesas as velas em seu interior. Ventava muito.

Agachados, cada um com um joelho no chão e o outro, não, eles tentaram de tudo. Primeiro dentro da caixinha, depois fora, meu tio fazendo cabaninha, os dois de frente para o vento, depois de costas. Não tinha jeito. Os fósforos apagavam todos antes de a vela conseguir acender.

Emanavam uma fragilidade tão infantil naquelas tentativas frustradas que a mim os fez parecer velhos como nunca.

Meu pai, provavelmente para disfarçar alguma vergonha diante da câmera, ou do filho, falou em voz alta:

— Para de assoprar aí, pai!

E riram os dois da inusitada piada. Eu, não.

Quando finalmente conseguiu fazer durar o fogo no pavio, meu pai soltou em tom jocoso um "finalmente". Soltou também a vela acesa dentro da caixinha e tratou de fechar rápido as portinholas. Mas, pelo visor, em *close*, eu pude ver a vela apagar. Vi que meu pai também viu. Mas fingiu que não, acabando de passar o trinco. Não sei se fez isso para evitar ter que reviver o constrangimento com a vela diante do filho ou da câmera, ou, se por alguma surpreendente sagacidade artística, preocupou-se foi com o ritmo da filmagem.

Voltaram os dois para a frente da lápide e rezaram em voz alta o kadish dos enlutados. Meu tio errou a reza, mas retomou seguindo a voz guia e certeira do caçula. Quando terminaram, meu pai apontou a data impressa no mármore:

— Justamente no aniversário da morte dele, doze do oito! Calhou justo!

Tirei os olhos do visor e procurei pelos dos meus amigos. Não sabia que aquele era o dia de aniversário da morte do zeide. No Dia dos Pais? Não era possível! Voltei ao monitor com a voz do meu tio:

— Dia doze do oito. Quantos anos, já? Mil novecentos e noventa e dois... Dez anos!

— Não, vinte! Vinte anos! Ou trinta?

— Vinte? Não. É, vinte... não, dezenove. Dezenove.

— Quer rezar para a mamãe também? Aproveitar?

Foi tudo igual na caixinha de metal da minha vó, enterrada ao lado do zeide. O kadish, ao pé de lápide, meu tio não errou.

Depois voltaram ao pai e ficaram ali um tempo, sem assunto.

O meu, fugindo de alguma intimidade que ficasse indesejavelmente exposta, ou quem sabe outra vez atento ao ritmo, apontou o túmulo do lado e disse em tom informativo que aquele era o da irmã do zeide, a tia Tsive, e ameaçou caminhar em sua direção. Mas Boris puxou-o de volta ao progenitor enterrado, abriu os braços e perguntou como quem prepara um desabafado:

— O que você lembra dele?

Foi inevitável não elucubrar o que responderia eu para uma pergunta daquelas, num Dia dos Pais, diante do túmulo do meu.

Foi ele, ainda vivo, quem interrompeu-me os pensamentos:

— Dele? Não muito — riu. — Fez o que devia fazer um pai, e só. — E emendou, dando de ombros. — Era um pai ausente.

Meu tio nem ouviu aquela queixa. Ainda estava no fôlego que tomara na pergunta:

— Eu lembro de uma coisa beeem chata — falou esticando o "e" do bem.

Fechei o zoom da lente num rápido reflexo cinematográfico e consegui a tempo um bom foco em seu rosto magoado, na conclusão da sentença:

— Não me deixou fazer teatro.

Black.

XVI

Pina e Sucher amanheciam com o sol e sentavam cada um na sua beirada de solidão.

Na cozinha, ele pescava do copo a nata do leite que cobriria a manteiga do pão e, no que sobrasse, colocaria café e açúcar. Depois da higiene metódica no banheiro, desceria para o trabalho.

Ela juntava as duas bananas amassadas com a aveia, o açúcar e o achocolatado para o café do pequeno. Depois, levaria o rechonchudo até a escola e retornaria para cuidar do almoço, enquanto a empregada tratasse da limpeza pesada. As horas de folga, ocuparia com a máquina de costura.

No almoço, a família se reuniria outra vez em casa, embora vez ou outra Sucher não pudesse subir, por conta do movimento excessivo da loja.

Boris gostava quando o pai não aparecia para o rango. Com ele à mesa, tinha que manter o silêncio com a boca e os talheres, e só podia servir depois que o chefe tivesse primeiro servido a si, e sempre com o melhor do peixe, a cabeça, para dar inteligência, dizia.

E, se no almoço Sucher comia a cabeça do peixe, à noite, no quarto, usava a sua própria para o balanço das contas. Seguindo os conselhos de Srull, havia comprado alguns pequenos imóveis comerciais no centro e na Vila Matilde, para alugar a pequenos e honrados comerciantes. Alugara também o andar de baixo do sobrado onde viviam, que sobrava desocupado atrás da loja, para uma honesta viúva de nome Lurdes poder criar seus filhos. Para a economia nos impostos, deu-se conta naquele dia que seria vantajoso passar para o nome da mulher alguns imóveis e decidiu então oficializar sua união com Pina no civil.

Casou-se, agora sob as leis brasileiras, e ouviu, constrangido, Pina dizer ao juiz, e provar pela conservada certidão de nascimento, que seu nome era Josepha.

Olhou de soslaio para Boris, que assistia a tudo metido numa roupa de adulto feita em miniatura na máquina.

Um ano depois nasceu Jackson.

Desta vez, Sucher foi acompanhado da esposa até o cartório de registros e encontrou à mesa o mesmo escrivão atentado que registrara o primogênito, seis anos antes. Parecia aquele tempo todo à sua espera.

Assim que viu a família entrar pela porta, o homem reconheceu o já lendário senhor que não soube dizer o nome da mãe do próprio filho. A história havia se tornado um clássico entre os concursados. Como desta vez o bisca aparecera acompanhado, o escrevente não recostou o corpo pesado na cadeira, mas um sorriso entupido de sarcasmo, fez questão de insinuar pela boca. Registrou, conforme era seu trabalho e sua obrigação, Jackson Ciocler como filho de Samuel Ciocler e Josepha Ciocler, de acordo com a impecável certidão de casamento civil que segurava nas mãos.

Depois de tudo assinado, por maldade ou responsabilidade cívica, fez deflagrar a confusão legal, comparando a certidão do novo filho com aquela outra, antiga, cujo registro buscou nos arquivos.

Do dia inteiro gasto no cartório, Pina saiu portando, além de uma sofreada irritação com o esposo, um documento oficial em que se lia que Josephina Jaratz e Josepha Ciocler eram, e sempre foram, a mesma pessoa. Documento este cuja cópia autenticada ela teria obrigatoriamente que passar a anexar em toda e qualquer transação legal e/ou comercial, pelo resto da vida.

Boris gostava da rua. De casa, gostava quando Sucher não estava. Com dez anos prestou exame na Escola Estadual de Santos e não chegou nem perto de ser aprovado. Na fuça do pai, encontrou um eterno desapontamento.

Matricularam-no no colégio particular Tarquínio Silva.

Depois da escola chupava laranja, voltava sujo para casa, almoçava atrasado e caminhava de mãos dadas com a mãe, tentando fazer coincidir a ponta dos pés com as linhas que separavam as pedras da calçada que levava ao Clube Judaico, onde assistiria às aulas chatas de iídiche.

Sucher àquela altura já era dono de todo o quarteirão entre o canal Dois e a rua Antônio Bento. Além dos sobrados que alugava para fins residenciais e comerciais, no galpão que comprara a preço de banana passou a funcionar a melhor marcenaria do bairro.

Com três bons amigos, juntou-se para realizar um antigo sonho: reformaram a casa de número 153 na rua Campos Sales e inauguraram ali a Beit Jacob, segunda sinagoga de Santos. Sucher como presidente da diretoria, Jaime Simryng como vice, Isaac Alperovitch como secretário e Samuel Gandelman como tesoureiro.

Mas, quando o dia amanhecia, ainda em sua borda de cama, o peso da cabeça amparado nas mãos, culpava pela tristeza o telegrama que recebera dos correios com a confirmação da morte das irmãs que andavam desaparecidas. Não havia conseguido tirá-las daquele inferno gelado a tempo, e a certeza que carregava tão nítida desde a partida para o Brasil, de que ainda as veria todas, esvaneceu feito seus rostos na poeira da neve. Além disso, o irmão havia se mudado para São Paulo, Boris não ia bem na escola, não se interessava pelos estudos, pela religião, por nada. Vivia vagabundo na rua, e Jackson, provavelmente, seguiria pelo mesmo caminho.

Num dia particularmente difícil, fechou-se no quarto para uma oração solitária. Ouviu batidas leves na porta e, por debaixo dela, viu crescer uma carta.

— É de Srull! — disse a voz da mulher do outro lado do umbral.

Sentou-se na velha beirada e ali leu e releu na escrita do danado sobre a banca de ourives que abrira numa rua chamada Teodoro Sampaio, num bairro de nome "Dos Pinheiros", de tão ladeado que era por eles. Que precisava urgente de ajuda, de tanto que os negócios iam bem. Que São Paulo era tudo que Sucher sonharia para uma cidade. O bairro onde morava era quase todo só de gente da colônia! Com escola judaica, duas sinagogas e até um açougue kosher. Cada um tinha sua própria loja. Como era bem próximo à estação de trem, o movimento era intenso, não havia quem não se desse bem. Aliás, uma estação digna de qualquer cidade da Europa. Também de nome bonito, estação da Luz, ficava em frente a um enorme parque, repleto de árvores centenárias. Um bairro cujo nome não poderiam ter escolhido mais apropriado: Bom Retiro.

Naquela noite, Sucher teve um sono agitado.
Sonhou que era um peixe.
O corpo era de peixe, embora a cara fosse mesmo a sua.
Estava servido à mesa, para o jantar.
Josepha, diante dos filhos, devorava sua pobre cabeça.

XVII

É que não sei direito quando que as quintas-feiras começaram a ficar assustadoras. O que lembro é que, escondido embaixo da mesa de jantar, eu não ouvia mais o barulho das xícaras batendo na cozinha.

Só o que vinha de lá era silêncio.

As brigas na mesa começaram a salgar nosso jantar antes mesmo do interfone gritar. O que mais irritava era a minha mãe explicando, com cara de saco cheio, como se meu pai fosse burro, que nem alguns professores quando a gente não entendia alguma matéria, que ela não aguentava mais aquilo simplesmente porque queria poder fazer o que bem entendesse nas quintas-feiras. Se quisesse ir no cinema, tinha que poder ir no cinema, se quisesse jantar fora, tinha que poder jantar fora, se quisesse ir no teatro, ou viajar, ou passear, tinha que poder de ir no teatro, ou viajar, ou passear. "Entendeu?", era como sempre terminava.

Eu não entendia duas coisas. A primeira era por que a gente não adiantava um pouco a hora de comer se sabia que o zeide ia chegar sempre com a gente ainda no finalzinho da janta. A segunda era por que meu pai não respondia que minha mãe tinha todos os outros dias pra fazer o que quisesse e que ele achava estranho aquilo porque, nos outros dias, ela nunca que queria ir no cinema, ou no teatro, ou passear. E que viajar de quinta-feira era impossível porque ele trabalhava de quinta-feira, e também de sexta.

Mas a única coisa que meu pai falava, quando falava alguma coisa, era que aquela briga toda, na verdade, era porque minha mãe não gostava dos pais dele e que então ele também não ia mais todo sábado na Hebraica encontrar os pais dela, e ela respondia que então também não ia mais encontrar os pais dele todo domingo no Macabi e pronto.

Eu olhava pra minha irmã, pra saber em que dia então que a gente ia ver o zeide Sucher e o zeide Mendel e a vovó Pina e a vovó Dora. Mas ela nunca que me olhava de volta, olhava sempre pra sobremesa.

Quando finalmente o interfone assustava, eu corria pro quarto e apagava o botão da luz.

Escondido atrás da primeira cadeira da mesa de jantar, eu brincava de adivinhar o silêncio de cada um. O da minha mãe era pra deixar bem claro pra todo mundo que ela não tava nem um pouco feliz. O do meu pai era pra deixar bem claro pra minha mãe que ele tava bravo com ela. O do zeide era pra respeitar o silêncio e o da vovó era porque ela sabia que era melhor ficar quieta, mesmo.

Com esse silêncio todo era difícil chegar na poltrona quadrada.

Mas, mesmo assim, eu ia.

Depois do beijo na careca eu ficava no sofá, respondendo o que eles me perguntavam.

Às dez horas, em ponto, o zeide levantava, puxava a vovó pelo braço e ia embora. Eu ia pra cama. Meus pais iam dormir sem se falar.

Lembro do jantar que meu pai respondeu muito nervoso pra minha mãe que ele não podia pedir pros próprios pais deixarem de visitar os netos. Que isso era um absurdo. Que um filho não podia pedir uma coisa dessas pra um pai, e eu concordei com ele dentro da minha cabeça. Minha mãe respondeu que não era possível, meu Deus, que ele ainda não tivesse entendido, que eles podiam, sim, visitar quando quisessem, o dia que quisessem, ela só não aguentava mais que fosse com hora marcada, toda quinta-feira, e eu concordei com ela dentro da minha cabeça. Meu pai falou que, se no tio Boris eles iam toda terça, não era justo que fosse diferente com o nosso lado da família. E eu meio que concordei com ele dentro da minha cabeça. Minha mãe disse que então ia conversar com a tia Meire pra pedir pra também falar com o zeide e com a vovó, porque sabia que as visitas com hora marcada eram um fardo pra ela também. Eu não sabia o que era um fardo, mas entendi que era uma coisa ruim. E tive medo dentro da minha cabeça.

Mais tarde, encostado com o ouvido na porta, eu ouvi minha mãe andando pela casa no telefone sem fio com a tia Meire. Claro que eu não podia ouvir o que minha tia falava, mas dava pra entender pelas respostas que as duas achavam que tinham o direito de querer ir no cinema, no teatro, viajar ou passear se quisessem e que pedir pros sogros deixarem de fazer aquelas visitas não ia impedir eles de ver os filhos e os netos. Ouvi minha mãe dizer que sabia que falar aquilo não ia ser fácil, mas que estava fazendo pela felicidade do casamento. E ouvi também ela falando pro meu pai, depois de ter desligado, que tinha ficado decidido no telefone que na próxima quinta-feira eles iam ter uma conversa com a dona Pina e companhia e que na terça seguinte ia ser a vez do Boris e da Meire.

Na quinta-feira seguinte, não teve beijo na careca do zeide.

Com a barriga espremida no gelado do corredor, ouvi meu pai quieto e minha mãe dizendo que ela tinha o direito de ir no teatro, ou no cinema, ou de viajar, ou de passear, na hora que desse na telha. Que não queria mais aquelas visitas porque estavam atrapalhando a relação dela com o marido. Que isso não significava que eles não pudessem visitar o filho e os netos quando quisessem, que era só ligar e combinar sempre que tivessem vontade, mas que não queria mais ter esse compromisso marcado na agenda.

Com o olho aberto, vi meu zeide levantar e puxar a vovó do sofá pelo braço, como sempre fazia, só que mais tarde. Depois pegar o paletó largado no veludo do encosto da cadeira e o chapéu na mesa de jantar. Foram até a porta. Meu pai que abriu. Eles beijaram a mezuzá e saíram. Ficaram esperando o elevador. Dava pra ouvir o "tec" da luz que apagava e acendia sozinha, sem parar. O sensor também captava movimentos invisíveis.

Quando o elevador chegou, eles entraram. Minha mãe fechou a porta e fez cara de alívio. Acho que meu pai também.

Minha irmã, eu não lembro onde estava nessa hora.

Também não lembro de ter visto o zeide outra vez em casa.

Os jantares de quinta-feira ficaram tristes.

Quando acabavam, a gente ia ver um pouco de televisão e depois dormir.

Não lembro se beijei ou não outra vez aquela careca.

Também não lembro de ter visto minha mãe ir no teatro ou no cinema ou sair pra passear numa quinta-feira sem zeide.

Agora eu via ele só no domingo, no Macabi, ou nas festas, quando alguém fazia aniversário, ou na sinagoga, quando era Rosh Hashaná e Yom Kipur.

E depois da reza na sinagoga, quando todo mundo seguia pra casa dele. Pra jantar depois do jejum, quando era Yom Kipur ou pra fazer o Seder de Pessach, quando era Pessach.

A primeira coisa que eu fazia quando entrava naquela casa era ir até o móvel baixinho e comprido da sala onde guardava a louça chique e os copos de cristal. Era lá que ficavam os porta-retratos em fila, com a foto de cada neto.

Eu só sossegava quando via que a minha ainda estava ali.

XVIII

Sucher conhecia São Paulo.

Afinal, era ali, na rua 25 de Março, que toda semana comprava as mercadorias que revenderia para a sua clientela em Santos.

Sucher não conhecia São Paulo.

E foi difícil achar naquela relva cinza um lar, apesar da abundância prometida à vista.

Tiveram que prolongar a estadia provisória na pensão da rua Maranhão até que encontrassem um lugar que fosse decente, no tamanho e no preço.

O dinheiro, Sucher metia pelo rasgo do colchão, descosturado às noites, depois de sacado para o balanço diário das contas. De manhã, saía cedo para aprender, com Srull, o trabalho com as joias.

Pina ficava na pensão. Vez ou outra até saía para uma compra que fosse rápida, nunca, porém, para além do quarteirão.

Boris conseguiu vaga no Colégio Rio Branco, na rua Doutor Vila Nova.

Acordava cedo, comia a banana amassada com aveia, açúcar e achocolatado que a mãe preparava e depois da rápida higiene pegava o bonde junto do Jurandir. O sujeito era mais forte, mais velho, também morava na pensão, estudava no Mackenzie, quase em frente ao Rio Branco, não podendo, portanto, haver melhor companhia. Apesar do nariz espantoso, não estava nem aí. Tinha uma autoconfiança que fascinava. Era engraçado, o Jurandir. Todo dia vinha com uma piada suja nova pra alegrar a rapaziada que se ajuntava no bonde. Juca, como chamavam o Jurandir, era meio judeu, meio católico. O nome completo era Jurandir Czakzles Chaves. Czakzles por parte de mãe e Chaves por parte de pai, ele mesmo explicou. Mas Jurandir era um nome feio pra burro! Melhor Juca. Juca Chaves.

Na volta, Boris voltava sozinho, sem Juca.

Viveram assim, apertados os quatro no quarto, até que Sucher ficou sabendo pelo amigo de um amigo de um amigo que um tal de Benjamim, gente muito boa, estava de mudança para Santos e procurava um lugar a contento para construir família. Seria uma boa poder trocar uma das propriedades, uma que fosse equivalente, com a casa do tal Benjamim em São Paulo, sugeriu o amigo do amigo do amigo a Sucher, que gostou da ideia e pediu que fizesse chegar pelo caminho de volta a proposta.

Deu certo.

Saíram da pensão e foram viver no sobrado do Benjamim, na rua Anhaia.

Morar no coração do Bom Retiro foi, para Sucher, melhor que um bom sonho. Caminhar entre sinagogas, açougues e farmácias judaicas, a sede do correio judeu, que vendia camisetas Hering, as fábricas, o comércio, as lojas, a estação de trem, os galpões que faziam lembrar a coceira da palha dos dias de frio nos campos gelados de fumo, a mãe, o pai, as irmãs.

Não demorou para que desistisse do negócio de ourives e abrisse uma pequena loja de roupas na rua Ribeiro de Lima, no número 540. Pagou pelo ponto uma boa quantia e, pelo uso do espaço, um aluguel mensal. Venderia agora ali as mercadorias da 25 de Março, em vez de sair pelas ruas, batendo de porta em porta.

Boris gostava da loja. Não exatamente dela, mas do caminho, que fazia questão de percorrer todos os dias. Era ali, na José Paulino, que as putas deslocadas pelas obras de alargamento das ruas do centro encontravam suas novas esquinas.

Também não demorou muito até que o velho Scholem, que havia já partido anos antes para aquela mesma São Paulo, colocasse a mão no ombro do amigo e o convidasse para sócio numa confecção que pretendia abrir num imóvel imponente que achou disponível na rua Oriente. Além da loja térrea, mais três andares de apartamentos. O dono estava precisado de dinheiro rápido, então o preço, ele havia conseguido negociar bem despencado. Propôs a Sucher que cada um entrasse com metade do capital e dividissem os lucros por igual.

Negócio fechado, e os sócios acabaram achando vantajoso, além de prático e econômico, que fossem morar nos apartamentos que sobraram vagos sobre a loja. Scholem e sua família, por sorteio, no primeiro andar, Sucher e a sua, no segundo. O terceiro alugaram para Julio Cassoi, um conhecido a quem muito estimavam.

Sucher passou a exigir que o filho descesse depois do almoço, para aprender a trabalhar. Daquela confecção, Boris não gostava. E não havia putas pelos corrimãos das escadas.

E assim passou ligeiro o tempo.

Para surpresa geral, Jackson conseguiu vaga no Colégio Luiz Fleitlich, a primeira escola judaica de São Paulo, e viu nascer em Sucher o orgulho de um pai. Isso acalmou um pouco seu espírito acostumado a diminutivos, mas amigos, não conseguiu fazer. O buraco ruim que sentia na barriga escancarado, e que não o abandonava um minuto sequer, ele tentava tapar sendo um aluno exemplar. Os elogios aplacavam sua angústia desenfreada. Acabou viciado. Aprendeu aplicado o hebraico, a rezar e a obedecer, oferecendo-se assim em sacrifício ao D'us cujo nome não podia ser dito e a seu pai, que chamava de Sucher.

Boris, na nova escola, continuou popular, e um péssimo aluno. Passava de ano por algum milagre que creditava intimamente a uma irresistível simpatia. Quando completou doze anos e chegou a hora de se preparar para o bar mitzvah, Sucher teve que contratar um professor particular. Afinal, justificava o fedelho, não estudava em escola judaica como o irmão. Portanto, não sabia nada daquilo. E continuou não sabendo, mesmo depois de meses com o rabino.

É que as coisas se recusavam a entrar na cabeça de Boris.

No dia da cerimônia, no altar, diante dos amigos, dos convidados e da família bem-vestida, não soube dizer nem mesmo as orações introdutórias sem gaguejar. Teve que repetir uma a uma as palavras em hebraico que o professor balbuciava em seu ouvido, enquanto fingia acompanhar na Torá o escrito, com o ponteiro prateado em acusação.

Jantar aquela noite em casa não foi tarefa fácil.

À mesa, o silêncio tornou-se violento. Ninguém ousou desviar o olhar de seu próprio prato enquanto engolia suas vergonhas com um pouco de comida.

Jackson, não.

Jackson comia com gosto o fracasso do irmão.

XIX

Era fim de janeiro e fazia calor. Sucher não aguentou esperar pelo sol e levantou-se quinze minutos antes do habitual. Caminhou até o banheiro, urinou e mirou-se no espelho. Apanhou a lâmina de barbear cruzada com a bisnaga de creme e o pincel no copo sobre a pia, colocou um pouco da pasta nos dedos e espalhou-a pela metade esguia. Depois rodou o pincel úmido por aquela cara, encharcando-se de espuma. Trocou de mão a bisnaga para cuidar da outra face, mas não conseguiu fazer sair mais creme.

Pina levantou-se da cama às seis e quinze em ponto. Ficou um pouco sentada em sua beirada, como era costume. Estranhou a ausência da solidão do marido. Caminhou até o banheiro e tropeçou em Sucher desmaiado com o rosto amassado no azulejo do piso.

Na emergência, o exame de imagem revelou um tumor aninhado no cérebro. Do tamanho de uma pera, comparou o plantonista.

O único médico no país que realizava cirurgias cerebrais era o doutor Aloysio de Mattos Pimenta, conforme informou a direção do hospital. Por infortúnio, gozava merecidas férias num sítio no interior de São Paulo. Srull conseguiu que a diretoria da instituição tentasse algum contato. Não era possível que não tivessem dele um telefone. No desolado corredor, soube que o doutor retornara a ligação concordando em voltar imediatamente se alguém fosse apanhá-lo, e urgente.

Sucher permaneceu desacordado enquanto Srull buscava o médico com seu carro e Pina esmagava com as mãos os ferros da cadeira do lugar esbranquiçado onde corriam Boris e Jackson, um para cada lado.

A primeira coisa que fez o doutor Pimenta foi uma punção por meio da qual injetou um milagroso líquido amarelado que fez Sucher voltar a se mexer e a enxergar. Só com ele desperto foi que confirmou a todos ali presentes a necessidade da cirurgia iminente.

Na entrada do elevador que desceria com a maca para o centro cirúrgico, Pina segurou no braço do doutor Pimenta e quis saber dele se garantia que o marido voltaria da intervenção. O médico perguntou se ela por acaso era capaz de garantir que ele, e as pessoas que entraram naquele elevador, chegariam até o térreo. A porta fechou, grosseira, antes que Pina pudesse entender as profundezas daquela resposta.

Na operação, abriram a cabeça e não encontraram tumor algum. Concluíram, após nova análise de imagem, que tivessem talvez aberto o lado errado. Fecharam o equívoco e abriram o correto. Retiraram da massa encefálica a pera tumoral, costuraram também esse buraco, e Sucher dormiu por um bom tempo.

Doutor Pimenta não sabia dizer se acordaria.

Acabou despertando, sim, mas não inteiro. Saiu do hospital prostrado em cadeira de rodas, falando com dificuldade, e ninguém ali soube prever, nem ao menos quis arriscar prazos de melhoria ou mesmo a longevidade daquela vida revirada ao avesso.

Em casa, Pina limpava e alimentava o marido como fizera com suas crias quando eram ainda recém-nascidas. Descia para ajudar no trabalho da loja em qualquer pequeno intervalo que surgisse entre as obrigações com a casa, com a nova condição do companheiro e com os filhos, que não sabiam o que fazer com aquele pai. Dormia despejada e acordava desprovida.

Numa noite particularmente fria, Scholem bateu à porta da casa. Pediu abatido uma conversa particular com Pina, mas ela mandou que o amigo falasse o que tivesse para falar na presença dos filhos, de quem nada escondia, e de Sucher, que ainda vivia, enfatizou. Scholem começou penoso, dizendo manso que não tinha mais como sustentar aquela situação. Era preciso assumir que o velho amigo havia se transformado num inválido e que ninguém podia dizer por quanto tempo. Disse que precisava seguir e que sozinho não tinha como aguentar o trabalho, nem as contas. Concluiu sugerindo que, para o bem de todos, ele comprasse a parte de Sucher na sociedade e partisse sozinho em busca de um novo caminho.

Pina não respondeu de imediato. Não que não tivesse nada para dizer, mas é que tentava ainda digerir a afronta.

Do canto da sala onde ficava esquecido, Sucher rasgou o embaraço balbuciando, em descomunal esforço, para fazer-se entender sem nenhum equívoco, que concordaria com o fim da sociedade depois de ver o balanço das contas concluído. Scholem sorriu, aproximou-se do amigo e, com a mão em seu ombro, prometeu emocionado que traria tudo pronto.

Sucher só voltou a falar quando Scholem apareceu munido da papelada:

— Tá aí, Sucher, tudo calculado. Eu pago então a sua parte e você sai.

— Não, Scholem, eu pago sua parte e você sai.

— Me desculpa Sucher, não sei se entendi direito o que você falou.

— Eu compro a sua parte.

— Sucher...

— Só assino se for assim.

Scholem discursou, abrindo agora para todos os presentes, que não precisavam ter pressa. Que Sucher parecia cansado e aquele assunto merecia calma. O que faria ele com a loja naquele estado? Se o amigo se mantivesse assim, irredutível, teria que refazer as contas. Esse tipo de coisa não se faz assim, correndo. Muito provavelmente, afoito com o constrangimento, algum detalhe devia ter passado despercebido.

Quando Scholem voltou àquela casa contas chegavam a um resultado três vezes maior do que somavam uma semana antes.

— Eu errei, Sucher, me desculpe. É muita coisa.

— Tem certeza de que estão certas agora?

— Agora, sim, estão corretas. Tenho certeza. Me desculpe.

— Então, te vendo com prazer a minha parte, como você queria.

— Sucher...

— Só assino se for assim.

Daquele canto, Sucher manteve distância, para o resto da vida, do amigo que lhe tocava sempre o ombro. Graças ao dinheiro que conseguiu com aquela venda, manteve a família por alguns anos até que recuperasse um pouco a saúde e pudesse voltar a pensar em trabalhar. Com o que juntou das propriedades que vendeu em Santos, comprou de volta o ponto na rua Oriente e mudou com a família para o andar de cima.

O antigo inquilino soubera tocar ali o seu negócio. O ponto fazia sucesso entre os novos imigrantes árabes fugidos da guerra do Egito que tinham se espalhado pelo interior, por Foz do Iguaçu e por Goiás, e que agora lotavam os ônibus que aguardavam estacionados nas ruas do Bom Retiro, enquanto buscavam por roupas novas e tecidos.

No dia em que tomou de volta a loja, Sucher encontrou esquecida na gaveta do balcão uma folhinha de calendário estampada com a foto do presidente com pinta de galã cafona, Gamal Abdel Nasser. Embora as tensas relações entre o novo Estado de Israel e o país daquele desgraçado ocupassem diariamente o noticiário, com Nasser vociferando que o grande objetivo do Egito era varrer Israel do mapa, tirou do peito a revolta e da gaveta a maldita foto.

Na fachada, mandou que esticassem a faixa branca que encomendara na gráfica, duas ruas para baixo, pedindo o cuidado para que copiassem exatamente os caracteres:

ممنوع المَبيع بالدين

من فضلك لا يأصر

المستقبل إلى اللّه..

Que qualquer árabe leria como: "*Mamnua almabia bialdaim, min fadlak la yasar, al mustaqbal ala allahu*".

E entenderia, com clareza: "É proibido vender fiado, favor não insistir, o futuro a Deus pertence".

A fotografia desaforada, e comprometedora, livrou-a do pó e colocou-a bem visível ao lado da caixa registradora.

XX

Riveca Zilberstein era filha do rabino.

E era linda.

Por milagre, provavelmente de ordem rabínica, morava ali também na rua Oriente, a apenas quatro quadras da loja.

Boris sabia de cor os caminhos da moça. Cobrindo-se de esfarrapadas desculpas, conseguia do pai abarrotado os minutos que precisava de licença dos fardos que ajudava a fazer depois da escola para fingir surpresa em encontros nada casuais pelas ruas do quarteirão.

Ofereceu ele um dia à senhorita, num fôlego bem ensaiado de coragem, que a acompanhasse até em casa. Para garantir sua segurança no avançado da hora, justificou. Riveca achou tão gentil a preocupação do rapaz que consentiu a ousadia.

No caminho, brincaram de tentar fazer coincidir as pontas do sapato com as linhas que separavam as pedras nas calçadas. Primeiro devagar, para pegar o jeito, depois acelerando o passo, até ficar impossível e caírem na gargalhada.

Em poucos dias, já eram craques.

Num deles, sugeriu ela, já na porta de casa, que o rapaz entrasse um pouco, para que estudassem juntos para os exames bimestrais. Pela dificuldade na matemática, justificou. Ele achou gentil o convite, além de prudente o propósito, já que tinha dúvidas também na geometria, brincou.

Noutro, durante a pequena pausa que faziam de tempos em tempos nas lições, para tratar de outros assuntos, a moça pediu, por recomendação da mãe, segundo explicou, que Boris esperasse até o pai chegar da sinagoga para que ela pudesse apresentá-los. Boris não viu problema e concordou em ficar. Assim, poderiam aproveitar para avançar na geografia. Não soube se a moça entendeu a piada.

Apresentado, Boris foi convidado a sentar à mesa para o jantar daquela noite. Rezou antes da refeição, depois de colocar na cabeça uma quipá emprestada da casa.

Na sobremesa, o rabino disse que se sentiria muito satisfeito se a filha pudesse receber o rapaz toda terça-feira em casa, para que pudessem juntos aprimorar os estudos das lições cada vez mais complexas, como soube pela esposa, a quem piscou com o olho direito e de quem recebeu de volta também um pisco.

E assim foi.

Sucher estranhou o súbito interesse do filho pelo lápis e a borracha, mas achou melhor não comentar.

A primeira vez que Boris viu Riveca foi no baile do Clube Bessarábia Farband, que ficava no primeiro de três andares de um estranho prédio, naquela mesma rua Oriente. Nas grandes festas religiosas, o pequeno salão ganhava biombos e também um altar, onde era colocado o armário que guardaria os rolos sagrados da Torá. Enfileiravam-lhe cadeiras de madeira, escondiam-lhe o palco dos fundos, onde exibiam-se as bandas de baile nos domingos, fechando-lhe as cortinas de veludo vermelhas, e a coisa toda se transformava em sinagoga. E era ali, naquela sinagoga que mantinha o nome do clube, sinagoga Bessarábia Farband, que a comunidade rezava seguindo o canto melancólico do pai da Riveca.

Em casa, longe dos bailes e da amada, a rotina enchia de tédio o apaixonado Boris. Para piorar, o caçula ainda chamava Jackson, sem que ninguém tivesse se dignado a colocar no sarna a porcaria de um apelido. Estava com dez anos, o chato. Continuava sem uma nota vermelha que fosse, o que enchia cada vez mais de orgulho o velho, que agora, ainda por cima, resolvera entupir o fedelho com aulas particulares de violino desafinado depois do almoço, esperançoso de moldar ali o exemplar filho judeu que ele, Boris, não conseguira ser.

Boris estava já com dezesseis, e depois do almoço descia desconjuntado para ajudar na loja chata e quente, cheia de árabes barulhentos que falavam mais alto do que o precisado e gritavam por descontos na direção do pai, que, protegido pelo balcão e irritantemente autodidata em tudo, respondia naquela língua horrorosa deles.

A especialidade de Boris na loja eram os fardos. Fazia-os muito bem. Pacotes de vestidos, roupas de cama, camisolas de opala, além, claro, dos feitos com as famosas camisetas Hering que o pai comprava dos próprios árabes na 25 de Março e depois revendia mais caro praqueles outros paturebas que entupiam a loja. O vício em Riveca era tanto que pelo menos uma vez por dia permitia-se licença dos panos e ia até a loja de discos vizinha pedir ao filho do dono que lhe deixasse usar o telefone em troca de uns trocados. Sucher não deixava usar o da loja porque saía cara a ligação. Aquele aparelho funcionava apenas para receber chamadas.

Pelo telefone emprestado, ao som de "O trovador", que rodava na vitrola pela voz de Altemar Dutra, Boris teve a coragem que treinou sozinho para convidar Riveca a acompanhá-lo no casamento do primo Jacob, filho de Srull, o irmão mais velho do pai, explicou. Ela achou gentil o convite e, após permissão paterno-rabínica, aceitou.

No casamento, deram-se escondidas as mãos e sonharam.

Foi difícil de aguentar a saudade quando a amada viajou para Bebedouro. Foi visitar a família. Lá não tem telefone, disse na despedida, e ouviu de volta que ser assim privado da sua voz por quinze dias parecia um sacrifício impossível de ser suportado.

Numa noite particularmente normal, Jacob apareceu à porta do sofrido, e chamou-o para uma conversa estranha. Sentados no meio-fio da Oriente, Boris sentiu perder o corpo ao ouvir do primo que vira Riveca de mãos dadas com um rapaz no Festival de Ginástica das Escolas, no ginásio do Pacaembu. Quando? Na noite anterior. Não era possível, Riveca não estava em São Paulo, estava em Bebedouro com a família! Mas Jacob, amigo que era, não esperou até que a cegueira do outro desabasse sozinha. Disse logo que tinha certeza do que vira.

— Absoluta?

— Absoluta.

Boris bateu suado, àquela hora mesmo da noite, na casa da traiçoeira. Pediu licença ao homem que apareceu na porta em roupas muito íntimas para um rabino, e puxou a moça pelo braço escadaria abaixo para uma conversa ao pé da portaria. Contou o que lhe contara o primo e exigiu uma resposta. O que ouviu sair daquela boca que sonhava para beijos foi que ela tinha, sim, conhecido um rapaz na viagem, que tinha ficado encantada e que o moço viera atrás dela, que, confusa, voltara antes do previsto para esfriar a cabeça. Sentiam incontrolável saudade e não sabiam o que fazer com aquilo.

Boris ouviu calado a tudo e ainda a um pedido de desculpas antes de ver a moça subir as escadas e o rabino fechar a porta. Voltou para casa pisando no meio das linhas que separavam as pedras cimentadas na calçada.

No quarto, fechou a porta e chorou sozinho. Na privada, vomitou de raiva. Adormeceu exausto. Nos sonhos, imaginou Riveca nos braços de outro cara. Acordou moído e melado. Tentou com força esfregar com a ponta duma toalha molhada na água morna e sabão aquela marca, mas não conseguiu disfarçar o gozo humilhado no lençol. E, como já era tarde, só restou cobrir tudo e correr para a escola.

De noite, apanhou do pai pela sem-vergonhice descoberta por Pina na cama. Quase não conseguiu dormir naqueles lençóis trocados e limpos.

Amanheceu com o coração ainda ardido de surra. Vestiu-se, tomou calado o bonde com o Juca e trocou escondido a aula pelo bar de uma esquina. Provou ali suas cervejas e cachaças. Embriagado daquela companhia etílica, reviu envergonhado a própria vida. Encheu-se de uma estranha coragem que, na volta para casa, cada passo levou consigo um tanto.

Boris passou a frequentar todo sábado pela manhã, por indicação camarada, o Habonim Dror. O movimento reunia jovens judeus para atividades e vivências que tinham como intuito criar e fortalecer uma conexão emocional e ideológica com Israel, alimentando sua vontade de se sentir como parte ativa da construção daquele Estado em franca formação. Na prática, oferecendo trabalho braçal e comunitário numa experiência de alguns meses em um kibutz ligado ao movimento e, depois, ajudando a viabilizar a Aliá, a imigração definitiva para a Terra Santa. Foi mais ou menos isso que ele entendeu do que explicou o camarada que o convenceu.

Boris ficou encantado com a possibilidade socialista. Finalmente, achara a resposta. Não era ele o inadequado e sim o mundo, que ainda não estava preparado.

Quando terminou, sabe-se lá como, os estudos ginasiais, não quis comemorar a formatura. Não sentia a alegria fútil da burguesia. Preferiu foi a companhia honesta de uma boa bebida. Mas, dessa vez, com o cuidado de ingerir uma dose segura o suficiente para não deixar morrer a coragem antes de colocar os pés em casa.

Assim que chegou, chamou o pai e, tentando manter o olhar firme e a distância para disfarçar algum cheiro, disse que não pretendia fazer porcaria de faculdade nenhuma no Brasil. Tinha planos maiores para si: mudar para Israel e viver num kibutz.

Sucher achou estranho o filho, mas não de todo má, a ideia. Como condição, exigiu que trabalhasse até juntar o dinheiro para a passagem e para os custos da viagem. Enquanto isso, e por via das dúvidas, matricularia o rapaz no curso técnico em eletrotécnica, na Fundação Getúlio Vargas. Mal não ia fazer. A eletrônica prometia ser a profissão do futuro. Emancipou-o na lei e fez dele empregado oficial da confecção.

Na parede que emoldurava a porta da loja, fez dois furos. Meteu ali duas buchas e nelas os parafusos que sustentariam orgulhosos a placa em que se lia: Ciocler e Filho Confecções.

XXI

Meu lugar na sinagoga era no meio, espremido entre meu pai e o zeide. Sofrido de calor, eu tentava caçar no livro de reza, aberto no apoio do encosto da cadeira que ficava rente, as palavras em hebraico que coincidissem com o resmungo do rabino ali na frente. Era difícil porque ele resmungava rápido e eu só sabia o som que as letras tinham, não o que as palavras falavam. A mão do zeide sempre aparecia pra virar minhas páginas até achar a certa. Quando achava, escorregava com o dedo até o lugar do rezado. E parava ali. Eu concordava com a cabeça, sem tirar o olho pra não perder, punha o dedo no lugar do dedo dele e começava outra vez.

Era lindo ouvir o zeide rezar.

Parecia um lamento de respeito curvado pra D'us.

Na outra orelha rezava meu pai. Ele rezava bem também, mas de vez em quando tentava fazer voz de cantor, pra impressionar o rabino, ou eu, ou o zeide, ou todo mundo da sinagoga, mas no meu gosto aquilo estragava.

Eu tinha aula de hebraico na escola, mas o hebraico que eu aprendia lá era com pontinho, que são as vogais, que tem que colocar embaixo das letras consoantes pra elas fazerem sentido, e o hebraico do livro de reza era sem pontinho. Ler sem pontinho era muito impossível e eu não conseguia entender por que diabos o livro de reza vinha assim. E logo ficava culpado de ter pensado "por que diabos" bem dentro da sinagoga.

Minha mãe e minha irmã sentavam junto com as mulheres. Nem dava pra ver por causa dos biombos que separavam a gente delas. Nunca entendi por que ficavam separadas. Mas isso deixava meu pai mais solto e alegre, que nem quando só brincavam os meninos no recreio. Se viesse menina, sempre tinha um que ficava chato ou exibido.

Eu não ia na sinagoga sempre, só quando era Rosh Hashaná, que é o ano-novo, ou Yom Kipur, que é o dia do perdão e tem que jejuar.

Essa sinagoga que rezava o zeide Sucher ficava no Bom Retiro, bem perto da casa dele. Meu pai, sempre que precisava explicar em qual sinagoga que a gente tava indo, chamava essa de sinagoga da Bessarábia Farband. É porque tinha dia que a gente ia na sinagoga da Hebraica também, pra ficar com o outro zeide, o Mendel. Essa da Bessárabia era pequena e quente e ficava no primeiro andar de um prédio esquisito que só tinha três andares. Precisava subir de escada. Na entrada, tinha um lugar onde podia deixar casaco, paletó e, quem quisesse, até a bolsa. Lá pra trás de onde sentavam as mulheres, tinha um palco. Vivia todo entulhado de cadeira e com a cortina vermelha fechada pra esconder a bagunça.

Quando era Yom Kipur, dava pra sentir o bafo dos velhos de jejum já no meio da subida da escada. Meu zeide rezava desde manhãzinha direto até o fim da tarde, quando toca o shofar, que é quando acaba o jejum.

O shofar é um chifre de carneiro furado que o rabino assopra que nem se fosse uma corneta.

Depois que tocava o shofar, a gente ia até o pátio, atrás ainda do palco fechado, onde tinha vento, e comia bolo de mel e tomava água pra quebrar o jejum primeiro com coisa leve. Quebrar jejum com comida pesada podia fazer você passar mal. Como eu ainda era criança, não precisava jejuar o dia inteiro. Só precisa quem já fez bar mitzvah. Então, eu tomava café da manhã e depois conseguia ficar sem comer nada nem beber nada até umas três da tarde, mais ou menos. Mas aí eu quase morria de fome e comia escondido a bolacha que minha mãe tinha me dado pra eu levar no bolso sem contar pra ninguém.

Meu pai também ia bem cedo pra sinagoga e rezava o dia inteiro, que nem o zeide. Eu ia mais tarde com a minha mãe e a minha irmã. Quando só faltavam umas duas horas. Subia as escadas acostumando com o bafo, pedia licença pra toda a fila e me enfiava no meio do meu pai e do meu zeide. Ficava imitando igual tudo que eles faziam. Tinha parte da reza que era pra ficar de pé e parte que podia sentar. Eu não aguentava muito ficar levantando e sentando toda hora, então falava pro meu pai que eu já vinha, pedia licença de volta e ia conseguindo passar por todo mundo espremido na cadeira. Corria até onde depois servia o bolo com água e ficava brincando com as crianças que também tivessem fugido prali. Um pouco. Se demorasse muito, meu pai não gostava e, na volta, ficava perguntando onde é que eu estava.

Às vezes, meu aniversário caía justo no dia do Yom Kipur. Só às vezes, porque o calendário de judeu é diferente do brasileiro. Quando caía, meu zeide e meu pai ficavam contando pra todo mundo na sinagoga, e todo mundo me cumprimentava e me falava uma palavra engraçada que meu pai explicou que era parabéns em hebraico e toda vez ele dizia que minha mãe tinha entrado em trabalho de parto pra eu nascer justo na hora do Kol Nidrei, que é a reza mais sagrada do Yom Kipur, na noite que ele começa, quando nasce a primeira estrela. Era uma honra ter nascido justo no Kol Nidrei.

Eu aprendi fácil a tocar shofar porque tocava trombone na banda da escola e funcionava do mesmo jeito. Um dia, pedi emprestado o do rabino do Bialik, que tinha fama de ser muito difícil de tocar, mas pra mim foi tranquilo. A notícia espalhou e meu pai ficou espantado com meu dom e conseguiu emprestado o da sinagoga, pra eu treinar. Eu ensaiei os três tipos de toque que tem que saber fazer na reza, e no dia do Rosh Hashaná meu pai combinou de eu tocar shofar no altar, do lado do rabino. E eu toquei mesmo, e todo mundo veio me cumprimentar e dizer parabéns pra mim em hebraico.

Depois do Rosh Hashaná e do Yom Kipur, tinha jantar na casa do zeide. Se a gente rezasse na sinagoga da Bessarábia Farband, era na casa do zeide Sucher. Se fosse na sinagoga da Hebraica, era na casa do zeide Mendel. No Pessach, também era na casa dos zeides que a família encontrava pra fazer o Seder. Os zeides sentavam nas cabeceiras porque eram eles que comandavam a reza.

Meu pai sentava do lado esquerdo do zeide Sucher e eu, do lado esquerdo do meu pai. Do outro lado da mesa sentava, o tio Boris e, do lado dele, o meu primo Marcelo. Minha irmã sentava do meu lado, as minhas primas, do lado do Marcelo e, na outra cabeceira, sentavam minha mãe, a tia Meire e a vovó Pina. Elas ficavam conversando e trazendo as coisas da cozinha. Os únicos que prestavam atenção na reza: meu pai, minha irmã e eu. O tio Boris até tentava, mas não sabia rezar muito bem e de vez em quando perdia a paciência. O resto todo ficava falando ou rindo, e meu zeide batia na mesa com força e pedia silêncio e respeito. Eu adorava quando ele fazia isso.

Sempre que ele pedia pros netos rezarem uma parte, eu sabia a maioria. Meus primos, não. A nossa parte da família era mais ligada na religião do que a parte da família do tio Boris. Era isso que minha mãe dizia. Meus primos nem estudavam em escola judaica, eu acho, então, quando meu zeide morresse, meu pai é que ia assumir o lugar dele na cabeceira e depois que ele também morresse quem ia assumir provavelmente ia ser eu, mesmo sendo o caçula geral.

Como a gente fazia sempre dois dias de Seder de Pessach, e um era na casa do zeide Sucher e o outro na casa do zeide Mendel, que também batia na mesa pra pedir silêncio e respeito pra minha mãe, que dessa vez conversava com a tia Regina, e pros meus primos que não entendiam nada e ficavam rindo do som das palavras em hebraico que eles achavam que pareciam palavrão, ali também ia ser meu pai que ia assumir o comando quando o zeide morresse e depois seria eu, quando morresse meu pai.

Era muita responsabilidade.

Na casa do zeide Sucher, quando tudo acabava, depois de me despedir de todo mundo com um beijo, eu corria pra cristaleira comprida da sala e passava pelos porta-retratos, um por um, começando do último, perto da janela e terminando no meu, o primeiro, o mais perto da ponta. E desejava boa sorte praquele eu que morava ali.

XXII

As tardes de sábados, Boris ocupava nos bailinhos do Círculo Israelita. Tinha só até as seis para emplacar ritmos e cantadas, já que as noites do salão eram reservadas para os mais velhos.

Finda a festa, já do lado de fora, ao som que embalaria a vez dos grandalhões, a turma contabilizava seus fiascos e triunfos. Das tentativas de conquista que houvessem azedado num fora, era juramentado que não se ria. A não ser que o rejeitado, de antemão, autorizasse. Mas, mesmo quando proibido, tinha sempre um que não se segurava no silêncio do respeito e puxava a banda toda para baixo do desfiladeiro da gargalhada.

Manoel Tarnovischi acabara de sair de uma reunião do conselho do clube imbuído pelo departamento cultural da tarefa de criar atividades inventivas que despertassem nos jovens o interesse em frequentar o Círculo para além dos bailinhos, a fim de manter não só unida, mas judaicamente unida a juventude judaica. Cruzou com o bando alvoroçado na porta do salão e teve uma iluminação.

Soltou entre a rapaziada que pensava montar um grupo de teatro. A turma não deu bola pro velhaco. Boris, no íntimo, se interessou, imaginando-se no alto dum belo palco, fazendo rir a turba toda lá embaixo espremida. No dia e hora divulgados no papel informativo do teste, que viu preso no mural de cortiça da portaria, compareceu.

O grupo recém-formado preparava pequenos esquetes com temáticas judaicas que eram apresentadas no palco do salão de festas para sócios, familiares ou até convidados de fora.

O diretor artístico, Marcos Plonca, segredou em elogio ao ouvido de Boris após uma dessas apresentações que "havia criado um monstro", como o jovem ator passou a repetir para si diante de qualquer espelho.

Sucher dignou-se a assistir a uma dessas apresentações e viu o filho surgir no palco usando uma longa barba cinza postiça. Em casa, confidenciou-lhe que aquele disfarce fazia-o idêntico ao avô, Baruch, de quem carregava um pedaço de alma, além do nome. Boris estranhou a proximidade quase afetiva do pai e não soube o que fazer. Saberia se fosse no palco, pensou. Finalmente, havia encontrado um lugar onde sabia sempre o que fazer, onde conhecia segurança, potência e reconhecimento, não necessariamente nessa ordem.

Depois de um ano no comando do grupo, Marcos Plonca, por questões pessoais, segundo justificou, pediu demissão, aceita pela diretoria do clube, e foi substituído por José Mandel, trazido com entusiasmo do famoso Teatro de Arena.

Mandel, efervescente, quis aprofundar os mergulhos daquele grupo de amadores. Convenceu, em reunião da diretoria engravatada, que apostar em montagens de peças universais, para além dos esquetes curtos e das temáticas limitadas, tornaria o grupo e o próprio clube mais representativos na comunidade judaica e, consequentemente, a própria comunidade judaica mais representativa no circuito cultural da cidade. Autorizado, escalou um elenco entre os sócios por meio de testes, cujos dias e locais foram divulgados em folhetos disponibilizados nas portarias de acesso, para montar *Juiz de paz na roça*, de Martins Pena.

Boris foi convidado a fazer parte do elenco pelo próprio Mandel, sem teste, assim como todos do grupo antigo. No primeiro dia de ensaio, deparou-se na sala com Riveca. A moça vestia roupas debochadas, dessas de ficar em casa. Na divisão dos papéis, foram escolhidos como o casal de enamorados.

Durante o período de ensaios, Boris percebeu que, tomando emprestada a ficção, podia dar vazão a certas realidades entaladas em seu coração, protegido de qualquer ação ou reação que não fossem as indicadas no texto.

Mandel atribuiu a verdade cênica que via pulsar vibrante no jovem amador a um raro e precioso talento nato de ator.

Estrearam sob aplausos calorosos no palco do Teatro São Paulo, na rua São Paulo, no bairro da Liberdade, como dizia o convite.

Sucher não foi a nenhuma das apresentações, afinal, não via nada de interessante num juiz de paz da roça e muito menos nesse senhor de nome Martins Pena, provavelmente um cristão.

Numa das reuniões em roda, no palco, que antecediam as apresentações, ouvindo já o burburinho excitante do público adentrando o recinto, Mandel falou baixo aos meninos, de modo a não se ouvir do outro lado da cortina fechada, que Tatiana Belinky e Júlio Gouveia, os apresentadores do *Teatro da Juventude*, na PRF 3 TV Tupi, queriam transmitir os *Dez mandamentos* ao vivo em oito capítulos e precisavam de atores para os papéis pequenos e a figuração gigantesca que exigia uma trama bíblica. No elenco principal, já estavam confirmados nomes importantes da comunidade como Dina Sfat, Felipe Wagner, Abrahão Farc e, disse ele, curvando-se em reverência, este mesmo que vos fala. Diante dos olhares ansiosos da moçada, confessou finalmente que os havia indicado todos. E teve que repreender, enérgico, os gritos que vazaram o pano.

Boris quis muito aparecer na televisão. Como fora escolhido para o papel de um escravo que moía trigo junto doutros quinze, enquanto a esposa do faraó corria carregando a cesta que havia encontrado boiando no rio com o pequeno Moisés e, na prova de figurino, entendeu que o chapéu egípcio lhe encobriria metade da fuça, se acalmou, certeiro de que o velho pai jamais desconfiaria.

No domingo confirmado pela produção do programa, disse que ia de ônibus para Santos visitar uns amigos e meteu-se nos galpões da TV Tupi.

E foi feliz naquele dia como em nenhum outro.

Por obra provável do azar ou de destino, não havia ator amador, ou figurante que fosse, naquele mundo de gente, cujo nome começasse com a letra B, nem ao menos com A, fazendo de "Boris Ciocler" o primeiro nome impresso no tambor que gerava os créditos que subiriam ao vivo nos aparelhos televisivos ao final dos programas.

Quando o primogênito do tambor entrou em casa, encontrou Jackson no corredor. A imobilidade do irmão queria dizer alguma coisa. Não teve tempo de perguntar-lhe o que seria. Vindo do quarto, Sucher catou-o pelo braço com força e, com a cinta que já vinha dobrada, surrou-o ali mesmo na entrada com tamanha violência que o moleque escondeu-se entre os próprios joelhos. Foi a maneira que encontrou de proteger a barriga, o rosto e as orelhas, ao menos.

Jackson correu para seu quarto. Fechou-se ali e apagou o botão da luz. De lá do escuro ouviu, entre uma cintada e outra, o pai comunicar que não iria admitir naquela casa filho veado e mentiroso.

Do meio da surra, Boris conseguiu argumentar que tinha assinado um contrato e receberia por ele um cachê, e que não seria bonito da sua parte descumprir com o combinado. Pediu pelo amor de Deus que o pai deixasse ao menos terminar o serviço e nunca mais colocaria os pés num palco e muito menos em estúdio de televisão depois disso.

Sucher achou correta aquela postura quando se acalmou. Acreditou na promessa do filho e deixou que cumprisse o acertado com aquela gente.

No domingo seguinte, Boris estava pontualmente no galpão da TV Tupi, metido no chapéu que lhe cobria a cara. Era o último da fila de judeus que atravessaria o mar Morto, aberto por Moisés antes do intervalo comercial. As portas do estúdio que davam para a rua tinham sido todas abertas, de modo que a fila pudesse andar dando espaço a quem viesse atrás, sem precisar amontoar no canto, conforme o ensaiado, para ninguém vazar. Na mão direita, Boris segurava pelas rédeas um burrico.

O burrico na mão de Boris era a deixa para o contrarregra abrir as torneiras que soltariam a água para afogar os egípcios.

Na transmissão ao vivo, o animal se assustou com o líquido que sentiu escorrer nas canelas e saiu em disparada, atropelando os hebreus e arrastando Boris para o meio da rua lotada. E, como tem sempre um que não se segura no silêncio do respeito, o estúdio inteiro desceu ladeira abaixo na gargalhada depois do "corta" que deu o diretor ao fim da tomada.

No caminho de volta daquele sonho do qual fora expulso por um burro, Boris visitou a padaria que sabia aberta àquele horário e embebedou-se com o dinheiro do seu cachê. Tanto que conseguiu manter firme sua coragem até aparecer em casa e dizer ao outro animal que largaria de vez os estudos de eletrônica para trabalhar na loja em período integral.

No dia seguinte, acordou cedo e desceu com sua ressaca para encarar o pai. Embrulhou vestidos, lençóis e toalhas em pedaços bem cortados do rolo de papel-cartão, até que escurecesse a luz que vinha da rua.

Os nós para segurar firmes aqueles fardos, ele sabia como apertar.

XXIII

Jackson voltou glorioso de seu impecável bar mitzvah.

Ao fechar atrás de si a porta do quarto, chafurdou-se na autoestima.

Dos presentes que carregava, divididos em dois grupos de quatro sacolas, os maiores guardaria sob a cama.

Encontrou ali, esquecido, o estojo com violino.

Sentou-se, largou no chão os presentes ensacados e colocou o passado no colo para limpar-lhe a poeira antes de abrir seus fechos de corroído dourado opaco.

Ao tomar nas mãos o instrumento, foi tomado pela lembrança de Preuss. O nome era esse mesmo, Poldi Preuss. Obedeceu mais uma vez ao mestre: segurou apenas com a força do queixo o corpo delicado do instrumento, com a mão direita pegou o arco e deslizou as cordas sem deitar muita pressão. Experimentou um saudoso malsonante. Havia abandonado as aulas menino, ainda. Afinal, saía cansado da escola e depois tinha que pegar o bonde na Tocantins, descer a pé duas quadras até em casa e almoçar correndo antes de mergulhar, sem digestão nem sesta, nas lições de leitura musical de partitura e de teoria musical e depois nos revoltos exercícios práticos que Preuss fingia que inventava. Como se não bastasse, nos finais de semana, ensaiava com a orquestra Juvenil Piratininga, que o doidivanas havia criado para apresentações no palquinho do salão da Bessarábia Farband, quando não estava escondido pela cortina vermelha para o lugar todo poder virar a sinagoga.

Sentado na quina da cama, com a saudade deitada no colo e o orgulho imbuído do rigor que conseguiu na execução dos cânticos de seu elogiado bar mitzvah, Jackson decidiu que voltaria a tocar, agora sozinho.

Sucher sentiu gosto quando passou a ouvir vazar todas as noites pela porta do quarto do menino o som renovado da velha esperança num filho exemplar.

Para treinar suas habilidades adormecidas, Jackson buscou na estante da sala o antigo LP da RCA Victor Records, de 1948, com a gravação de Freddy Martin and His Orchestra em Hollywood. Era a peça de Monti para violino e piano de uma *Csárdás*, que Preuss sempre usava como exemplo máximo de virtuose violinística, por causa de suas sete variações rítmicas.

Todo santo dia, o menino infernizava a casa com aquela mesma maldita *Csárdás* desarranjada que vinha de seu quarto trancado, onde aguardava em segredo ansioso pela resposta do *Titia recebe*. Inscrevera-se por carta, conforme explicavam sempre ao final do programa que começava pontualmente às seis e terminava pontualmente às sete.

Três meses foi o tempo que demorou até que recebesse, com gritos agudos, a correspondência convidando-o a comparecer aos estúdios da TV Excelsior, na avenida Miruna, sem número, pontualmente às dezessete horas da terça-feira, munido de seu instrumento para transmissão ao vivo.

No jantar daquela noite, jogou a novidade à mesa e viu afundar na cadeira o irmão mais velho.

Na terça seguinte, enquanto tomava a condução vestido do terno ainda sujo de seu bar mitzvah e segurando na mão direita o estojo preto com o violino lustrado, a família se reunia na casa para esperar o preferido aparecer no programa da TV.

Às dezoito e quarenta e oito foi anunciado com entusiasmo pela apresentadora Aparecida Baxter um rapaz prodígio de nome Jackson que apresentaria, à capela, uma dificílima peça ao violino. Sob os efusivos aplausos do auditório, ele encarou o palco. Caminhou reto até a apresentadora, que quis logo saber com qual música o rapaz presentearia os ouvidos dos telespectadores naquela noite, oferecendo-lhe o microfone para a resposta. Jackson aproximou a boca daquilo e disse:

— *Csárdás*, de Monti.

Aparecida fez cara de chique. Pediu silêncio e deixou-o sozinho sob o olhar das câmeras. Jackson sentiu as luzes todas escurecerem à sua volta ao mesmo tempo que aumentava na testa o calor quente de um foco amarelo. Segurou com o queixo o corpo delicado do companheiro, com a mão direita o arco e fechou seus olhos.

Deixaram que tocasse a peça inteira.

Csárdás, de Monti, durava aproximadamente seis minutos.

Sobre o silêncio sepulcral apareceu outra vez Aparecida. Caminhou de volta até o calouro e prostrou-se ali a seu lado um instante antes de perguntar ao auditório quem será que seria o professor que teria preparado o rapazinho.

Jackson curvou-se sobre o microfone da tia:

— Sou autodidata.

— Como é?

— Sou autodidata.

— Como assim, meu filho?

— Não tenho professor, tia.

— Bom, então está na hora de você arrumar um.

Ao som da risadaria, empolgada pelo diretor de palco, a câmera buscou em close a vergonha preta e branca de Jackson. Sobre ela, desfilariam serenos os créditos do programa.

A volta pra casa, quis cumprir a pé. Quando entrou pela porta, seus pais, da sala, lhe deram boa-noite. Boris, ele viu espiando pela fresta do quarto. Caminhou até o seu, acendeu a luz, entrou e fechou a porta. Guardou o estojo com o violino para sempre embaixo da cama, trocou o terno pelo pijama, abriu outra vez a porta, andou até o banheiro, levantou a tampa da privada, fez xixi, lavou as mãos, colocou pasta na escova, escovou os dentes, cuspiu e enxugou tudo. Na volta, disse baixo "boa noite" quando passou pela porta fechada do irmão, entrou de volta no seu quarto, fechou-se, apagou a luz, deitou na cama, cobriu-se, virou de lado e dormiu.

No dia seguinte, acordou cedo, tomou o café, pegou o bonde e saiu para a escola.

XXIV

236-0873.

Deitado em digestão do almoço na cama grande dos meus pais, a cabeça amaciada pelo triângulo de espuma, eu mantinha firme o telefone em punho enquanto assistia aos desenhos repetidos do Pica-Pau. Depois de três, vinha a vinheta. E era na vinheta que tinha que tentar ligar.

O Bozo me atendeu no dia em que eu disquei 236-087 faltando dez segundos pro final do último desenho, que eu já sabia de cor, e o 3 exatamente um segundo antes de começar a vinheta. Claro que eu já tinha tentado isso antes, mas nunca que conseguia com essa precisão. Se discasse o 236-087 um pouquinho que fosse antes dos dez segundos pro fim, tinha que esperar muito pra discar o 3, e aí caía a linha. Se fosse um pouco pra depois, não sei por que, também não dava certo, dava ocupado. Se discasse o 3 antes de ser exatamente um segundo pra vinheta, porque sempre dava medo se não discasse logo, entrava uma gravação, com a própria voz do Bozo, falando que não adiantava ligar antes, que tinha que esperar a vinheta começar.

— Alôu — o Bozo falou no som da TV. E insistiu: — Alôu?

Ninguém respondeu. Normal. Sempre acontecia da pessoa atrasar pra responder porque sempre demorava pro programa também achar a voz na linha.

O Bozo tentou mais uma vez:

— Alôu, amiguinho?

Torci muito pro infeliz ter desistido, porque aí eles davam outra chance. Continuava sem ninguém responder nada. O Bozo ficou meio sem saber se tentava mais ou se desligava e eu gritei desesperado "alô", pra mostrar como tinha que fazer. Foi assim que ouvi minha voz saindo pelo volume da televisão. Era a minha voz, mas um pouco atrasada. O Bozo perguntou qual era o meu nome, amiguinho? Eu disse Carlos. Ele riu e perguntou se estava tudo bem com você, Carlos? Eu disse que sim. Carlos de onde? Tapei o bocal do telefone e gritei pra minha irmã, que estava estudando no quarto: "Lã, corre aqui, o Bozo atendeu"! Não sei se a Lã não ouviu ou se ouviu e não acreditou, mas o fato é que não apareceu, e eu tive que jogar batalha naval todo.

E porque fiquei nervoso e o que eu queria mesmo o tempo todo era pedir pro Bozo esperar um minutinho só pra eu correr e chamar minha irmã no quarto, errei o primeiro tiro.

B3.

Foi água.

No segundo, D5, acertei um pedaço de alguma coisa. D6, outro pedaço, D7, outro. Era um Destróier. D8, água. Faltavam ainda as duas partes e eu só tinha um tiro. No D4, acertei o óbvio, mas não ganhei a bicicleta. Ganhei foi um Velotrol e um passaporte da alegria do Playcenter. O Bozo pediu pra eu não desligar porque no intervalo a Bozolina ia falar comigo. Eu fiquei assistindo ao resto do programa com o telefone na orelha. Não sabia quanto tempo tinha até o intervalo, então não quis arriscar e ser justo a hora que me chamassem. Tapei o bocal outra vez e gritei para a Lã o mais alto que consegui.

Quando minha irmã apareceu, já tinha um homem na linha querendo saber meu endereço. Eu pedi que queria falar com a Bozolina, por favor, mas ele falou que a Bozolina era ele mesmo. Foi triste aquilo.

A Elaine me ajudou. Catou uma caneta e anotou num caderninho da mamãe o endereço que a gente tinha que ir buscar o Velotrol e o passaporte da alegria, e também um telefone que dava pra ligar se tivesse alguma dúvida. Falou pro homem meu nome completo, Carlos Alberto Ciocler, o do nosso pai, Jackson Ciocler, da nossa mãe, Jeanete Dascal Ciocler, e o telefone da nossa casa, 287-8476. Depois, desligou. A gente ficou sem saber muito bem o que tinha que fazer, então ela voltou pro quarto. Eu fiquei ali. Não conseguia acreditar que tinha errado a ponta certa do Destróier. Era óbvio que era pra esquerda. Óbvio!

Meus pais não levaram muito a sério quando chegaram em casa e eu fui correndo contar que tinha falado com o Bozo. Mas, no dia seguinte, quando voltei da escola onde ninguém acreditou também, minha mãe me contou que tinha ligado praquele número anotado e que falaram pra ela que alguém precisava ir buscar o Velotrol e o passaporte do Playcenter lá nos estúdios SBT.

Como os SBTs eram muito longe, mas um pouco menos longe da casa do zeide do que da nossa, minha mãe pediu pra vovó o favor de ir buscar pra mim os meus prêmios. Depois, teve que ligar outra vez praquele Bozolino e avisar que outra pessoa é que ia buscar e depois de novo pra minha vó pra pegar o número do documento e outra vez pro Bozolino pra passar isso e o nome completo dela.

Não sei por que diabos minha vó demorou pra ir no SBT. Parece que o zeide nunca que podia levar. Quando ela finalmente foi, falaram que eu não podia mais ganhar o passaporte da alegria porque a promoção do Playcenter tinha vencido a validade. O Velotrol, eles deram pra ela trazer, mas como era um troço muito bobo e pequeno pra mim, minha mãe deu de presente pra caridade.

Nunca na vida que eu tinha sentido raiva da vovó Pina antes. E muito menos do zeide.

Eu continuei vendo o programa do Bozo, mas nunca mais consegui acertar de ligar e com o tempo tudo foi perdendo a graça.

Nossas primas de segundo grau, a Marjory e a Vivian, filhas da tia Clarisse, tanto tempo depois, chamaram minha irmã e eu pra a gravação do *Domingo no Parque*, que passava todo domingo também no SBT. A escola delas tinha sido convidada e a diretoria tinha disponibilizado alguns convites pra parentes e amigos dos alunos, pra escola poder atingir a lotação exigida pela produção do programa, foi como a tia Clarisse explicou.

Minha mãe deixou faltar na aula. Levou a gente até uma praça de onde iam sair os ônibus. A diretora juntou todo mundo e ensinou como tinha que se comportar e disse que quem não fosse aluno não ia poder participar das provas, só assistir na plateia. Olhei pra minha irmã, que tava de mão dada comigo, mas ela não me olhou de volta.

No ônibus, teve um saquinho com lanche. Não sei se foi a escola que deu ou se foi o SBT. Tinha sanduíche de queijo, um suco Mupy de saquinho com canudo e dois Dadinhos de sobremesa.

Quando chegou, eu desci do ônibus e entrei em fila nos corredores. Era muito maravilhoso, aquilo. Tudo muito alto, umas portas gigantes de ferro. De repente, a gente ouviu a voz do Lombardi, que era o homem que falava com o Silvio Santos na TV mas que nunca aparecia, a gente só escutava a voz. Veio falar com a gente na fila. Era feio, ele. Tinha a cara toda furada e brilhosa. A gente duvidou que era ele de verdade, mas quando fez outra vez aquela voz, não teve dúvida. Eu nunca podia imaginar que o Lombardi fosse daquele jeito.

Quando entrei no estúdio, foi estranho. Era igualzinho o que a gente via na televisão, mas muito, muito menor. Achei que fosse uma miniatura, só pra gente ensaiar antes de entrar no de verdade. Mas como tudo foi acontecendo ali mesmo, eu comecei a entender que não era, não, que era o lugar onde ia gravar mesmo o programa naquele dia. Podia ser porque não tinha ido tanta gente. Podia ser.

Todo mundo sentou na arquibancada e apareceu um homem no palco pra explicar como tinha que se comportar e quando tinha que aplaudir e fazer barulho. A gente ensaiou um monte de vezes. Quando ele ficou satisfeito, falou pra ajudar a chamar o Silvio Santos e a gente gritou e o Silvio apareceu mesmo. Deu "oi" e todo mundo respondeu junto:

— Ooooi.

Ele falou que queria ver o auditório muito animado, mas que quando pedisse silêncio, era pra fazer silêncio, combinado?

— Combinado!

Não foi legal assistir ao *Domingo no Parque* como era na televisão.

Pra falar a verdade, foi bem chato.

Quando deu o primeiro intervalo, aquele homem da produção voltou e disse que quem quisesse participar do quadro do bailinho tinha que fazer rápido uma fila na beirada do palco.

O quadro do bailinho era o que todo mundo ficava dançando durante o programa, e o Silvio ia tirando quem era pior até que só sobravam três, e a plateia votava no melhor. O escolhido ganhava a bicicleta. Eu sempre era campeão dos bailinhos dos aniversários, então não tinha dúvida que ia ser minha.

Todo mundo desceu correndo e entrou na fila.

O próprio Silvio Santos ficou na beirada decidindo, um por um, quem entrava e quem não entrava. Na minha vez, ele me segurou pelo ombro e perguntou se eu era da escola ou se era convidado, porque não podia participar sem o uniforme. Eu não queria mentir. Disse que era convidado. Ele me tirou. Falou que não podia passar. Nem minha irmã. A gente subiu junto de volta a arquibancada e sentou no nosso lugar triste.

Todo mundo sabia que quando o programa acabava, enquanto o Silvio se despedia dos telespectadores, podia invadir o palco e ficar pulando na frente da câmera pra tentar aparecer na televisão. Todo mundo fazia isso quando a gente assistia em casa. Quando deu a hora, começou uma correria e minha irmã me puxou. Dessa vez, ninguém ia impedir a gente de entrar. O palco já tava lotado. Desesperado, eu olhei pras câmeras e escolhi a que ficava bem no canto porque era a mais vazia de gente. Corri pra lá e fiquei pulando na frente, fazendo tchau. Consegui pular bem na altura, várias vezes, tinha certeza, não tinha erro. Olhei pro lado e vi quando minha irmã agarrou com as duas mãos a câmera do meio e puxou pra baixo com força pra enfiar o nariz na lente. Deu vergonha de ver ela fazendo aquilo só pra tentar aparecer. Não era assim que fazia.

No domingo, quando todo mundo acordou, em vez de ir pro Macabi, se juntou na frente da TV pra assistir ao *Domingo no Parque*.

O programa passou todo e a gente não apareceu nunca.

Nossas primas, sim.

Bastante.

No final, enquanto o Silvio se despedia dos telespectadores e os créditos começaram a subir, eu esperei no meu canto. Ia aparecer de surpresa. Mas não contei pra ninguém. Fiquei quieto, o coração pulando, tentando me achar no meio da gente toda antes que viesse o *close*, mas nunca que mostravam o lugar onde eu tinha ficado.

De repente, quando subia já o símbolo do SBT, que era a última coisa que aparecia, um rosto gigante grudou assustada na tela, ocupando a TV inteira. Parado, olhando de volta pra gente. E o programa terminou assim, com aquela carona estampada. Era minha irmã.

Desgraçada.

XXV

Boris não quis ir ao noivado da Aninha, prima da Cila, mulher do Isaac. Apesar da insistência incisiva do primo, preferiu o Avenida Dancing da Ipiranga, com a turma. Afinal, sábado era dia de Taxi-Dancing e ele tinha juntado um suado dinheiro que daria contado para a entrada, duas cervejas e quatro danças de dez minutos cada. Além disso, naquele sábado, o Berek iria com eles. A maioria das dançarinas do Avenida compravam roupa com o Berek, e o cara sempre conseguia convencer as meninas de dançar sem perfurar o cartão de controle se, em troca, descontasse uma parte das prestações que ainda deviam com o vestuário.

Meire não quis ir ao noivado de Aninha, prima da Cila, irmã da Antônia, apesar da insistência da tia. Não quis porque sabia que o verdadeiro intuito era apresentar um tal de Boris, primo do Isaac, marido da Cila.

— *Zi goi Zitzen* — praguejava a mãe pela casa, preocupada com a solteirice da filha.

Em português, ao pé da letra, aquela praga em iídiche até soava engraçada: "Vai ficar sentada", era o que dizia. Meire apenas ria. A irmã mais nova já namorava, sim, e daí? Ela não queria ser apresentada a ninguém. Estava apaixonada, já, pelo primo do Rio de Janeiro, ainda que ninguém soubesse, porque o moço andava comprometido. Decidida, saiu da vila naquele sábado de mãos dadas com a prima Leia rumo ao cinema e ouviu, já na rua, a mãe gritar pela janela, dessa vez com a tradução incluída:

— Quem vai ver vocês no escuro, suas solteironas?

Depois do Avenida, Boris seguiu com a turma para o Salada Paulista, comer um sanduíche com o dinheiro economizado graças aos escambos do malandro Berek. Lá, souberam de um bailinho que ia rolar na casa de um tal de Simão, na Penha. Alguns não quiseram ir e voltaram para casa. Mas Boris não recusava um bailado e seguiu com o resto pra farra.

Meire saiu do cinema, atravessou a rua de mãos dadas com Leia e dividiu com ela um cachorro-quente no Salada Paulista ali em frente.

De lá, tomaram juntas o bonde e foram encontrar o resto da turma no bailinho que ia rolar na casa do Simão, na Penha.

The Playings girava "Love me forever" em setenta e cinco rotações quando ela percebeu se aproximar um rapaz para convidá-la gentil a dançar.

Gingava bem, o danado, e também soube como fazer rir a moça.

No final da festa convidou-a para sair no outro sábado, mas ela infelizmente não poderia porque tinha uma tia internada no Hospital Samaritano, com uma séria doença nos ossos, e havia prometido ficar com ela em companhia.

O rapaz comentou, um tanto pasmado – Meire não soube decifrar se por ironia de gosto duvidoso –, que também tinha uma tia no Samaritano com uma doença no osso.

— Antônia! — disseram praticamente ao mesmo tempo.

— Irmã da Cila — emendaram com espanto.

— Como é seu nome? — perguntou Meire, temendo já a peça do destino.

Boris respondeu "Boris".

Naquela noite, Meire sonhou com Boris e Boris sonhou com Meire.

Acordaram com uma estranha saudade cutucando a lembrança e o peito e, por telefone, combinaram um encontro para dali a duas semanas, num bailinho que rolaria dessa vez na casa do Dedê, na rua Rocha. Boris anotou o endereço, já que a turma era dela.

Dançaram e riram a noite toda na sala do Dedê, até que Boris, encorajado por cervejas, pediu-a ali mesmo num compromisso de namoro.

Em sanduíches repartidos no Salada Paulista, descobriram amigos em comum. Boris falou da sua paixão pelo teatro, pela dança e pelo desenho. Meire até recordou ter assistido no Círculo Israelita a uma apresentação, a peça era mesmo *Juiz de paz na roça*, sim, mas não conseguia lembrar dele no papel do amante, embora tivesse ficado bastante impressionada com o trabalho da garota que fazia a mocinha. Boris contou de Riveca, da paixão doída, da traição e de como usou as falas do personagem pra dizer-lhe umas boas verdades. Meire viu paixão ainda naquele olhar e sentiu ciúme, mas sentir ciúme pareceu-lhe um sinal. Achou bonito que aquele moço tivesse sofrido de amor, assim como ela, e que ainda carregasse dessa dor uma pequena sequela.

Boris quis noivar rápido e sugeriu o aniversário da amada. Meire achou três meses de namoro um tempo muito curto.

Sucher e Pina ficaram felizes quando souberam que o filho andava apaixonado outra vez por uma boa moça judia e convidaram a pretendente para um almoço.

Enquanto a moça se enfeitava ansiosa, Pina preparava a refeição que seria mais tarde servida numa refeição difícil, toda ela em silêncio.

Finda a ceia quieta, sentaram todos no sofá da sala e Sucher anunciou que colocaria para tocar a fita cassete com a gravação do bar mitzvah de Jackson, o irmão mais novo de Boris, que naquele dia fora dormir na casa de um amigo para deixá-los mais à vontade.

Meire não entendeu o propósito, mas aguentou firme o constrangimento e aplaudiu ao final da cantoria mal gravada.

O anfitrião acompanhou o casal até o carro em que o filho levaria a pretendente de volta. Ela não soube decifrar se por educação ou na tentativa de inibir intimidades prometidas e permitidas para depois do casório.

Boris se despediu do pai e foi abrir, educado, a porta.

Meire estendeu a mão na direção do futuro sogro e agradeceu pelo almoço.

Num meneio de cabeça, enquanto apertava de volta a mão que tinha na sua, Sucher disse, com voz cortês:

— Até logo, Riveca!

XXVI

Jackson acabara com louvor o ensino básico no Colégio Israelita Luiz Fleitlich, no Brás, e sonhava agora em cursar o ginásio em escola pública. Não pôde prestar o concorrido exame por causa da determinação federal que proibia o ingresso ao ensino médio do estudante que não tivesse completos onze anos. Como só aniversariaria em agosto, teria que esperar.

Sucher concordou em pagar seis meses de cursinho preparatório ao filho que, mesmo naquela idade, já sonhava em ser doutor.

Todos os dias, Jackson subia no bonde que parava no ponto quase em frente de casa e descia na rua dos trilhos, quase esquina com a Clark, na Mooca. Meia quadra para baixo ficava o Colégio São Judas Tadeu, onde, à tarde, depois de encerradas as atividades curriculares, funcionava o preparatório para os admissionários.

Já no ato da matrícula, o rapazote recebeu para levar para casa um papel com recomendações detalhadas do regimento interno, do qual constava, logo no primeiro item, explicação sobre o uniforme: calça azul-escura bem cortada, com bolsos, e uma camisa na tonalidade que fosse, desde que também azul, além de gravata. No segundo item, o imperativo categórico de que o aluno só poderia ingressar nas dependências da instituição se estivesse vestido dessa forma, limpo e com a parte de cima metida para dentro da calça.

No verso da folha, outra lista igualmente detalhada, com as punições previstas para cada um dos passíveis desvios de conduta.

Pina achou um abuso aquelas camisas exigidas se o menino estudaria ali por apenas seis meses. A calça, por sorte daquela cor, ele trazia do ensino fundamental e serviria ainda, se desfizesse a barra. Meteu-se então no estoque da loja, pegou escondida uma sobra de tecido azul qualquer e, após as medições, percebeu que, se cortasse os moldes com o rolo posto ao contrário, na horizontal, economizaria na metragem e pouparia no desperdício, uma vez que a largura do dito batia exata e milagrosamente com a medida do tronco do mirrado filho.

Na máquina de costura, fez um par de camisas impecáveis.

Todos os dias depois do almoço, Jackson só subia no bonde se tivesse lugar para sentar. Às aulas, assistia sem fazer pergunta. No intervalo, não corria, não participava do vôlei nem de queimada.

Não que fosse preguiçoso, ou não tivesse dúvidas, ou não gostasse de esporte. É que era preciso evitar a todo custo o vexame, durante mais um ano cada vez que ousasse levantar o braço, fazendo escapar para fora da calça a camisa sem sobra de pano.

XXVII

Sucher e Pina enfeitaram-se com terno e vestido pretos para o jantar com os consogros.

A casa era a de número 4 na vila, cuja entrada ficava no 171 da rua Coimbra, no Brás, conforme Pina anotou no pedaço de papel que o marido agora segurava na mão que mantinha a direção do carro.

Era mesmo muita coincidência que a futura nora vivesse na mesma vila onde, na casa de número 14, morava o amigo Salomão, com quem Sucher visitava as festas de casamento e bar mitzvahs nos finais de semana pedindo doações para o KKL, explicando de mesa em mesa, aos que por ventura não soubessem, que aquelas três letras eram a abreviação de Keren Kayemet LeIsrael, um fundo judaico internacional criado em 1901, que recolhia dinheiro voluntário mundo afora, sempre em cofrinhos azuis e brancos iguais àqueles que tinham nas mãos. Dinheiro que custeara primeiro a compra de terras em Israel para os primeiros sionistas, depois, seu desenvolvimento tecnológico e, no momento, bancava o plantio de árvores e bosques naquela desértica terra que, graças a D'us, e também ao fundo, eles agora podiam chamar de Estado.

No jantar de pouca conversa fiada, ambas as partes concordaram que o casamento fosse realizado na mesma Congregação Israelita Paulista onde, em janeiro daquele ano, Boris e Meire haviam noivado em cerimônia conjunta, seguida de uma grande festa aos seiscentos convidados que lotaram o salão em anexo.

Sucher e Pina faziam questão de uma festa pelo casamento. Os pais da noiva achavam mais prudente usar a dinheirama para uma entrada num bom apartamento para empurrar para a frente o futuro dos matrimoniados.

Venceram a vontade e teimosia de Sucher, e a cerimônia religiosa, seguida de grande comemoração, foi agendada para o dia 21 de novembro daquele promissor ano de 1959.

Meire se perfumou e enfeitou com as joias presenteadas pelo sogro na ocasião do noivado. Boris pôs no pulso o relógio Ômega de ouro que ganhara do seu.

Finda a bela cerimônia sob a chupá, onde os dois trocaram alianças, além de juras sinceras de amor e fidelidade, tanto nos momentos alegres quanto nos doídos, até que a morte os separasse, dançaram por toda a noite no salão e a farra seguiu alegre madrugada adentro para quem aguentasse na calçada da rua Ipiranga, de onde sairia, às seis e trinta, o ônibus que os levaria para a lua de mel no Grande Hotel, em Campos do Jordão.

O casal havia economizado em cinemas e sanduíches, ainda que repartidos, por quase dez meses para conseguir juntar o valor pedido pela reserva, que Boris levou em dinheiro vivo metido num envelope ao caixa do Bar Brahma, naquela mesma Ipiranga, cujo proprietário era também proprietário do dito hotel chique e famoso.

A lua de mel foi como uma lua de mel.

Na volta, de carona com o casal divertido que conheceram na piscina, Meire pediu que encostassem rápido o carro, e vomitou no meio-fio da estrada. Boris desconfiou logo do ovo cru do café da manhã e segurou a testa suada da amada, que ainda tremia. Desmaiou quando ouviu da ofegante que aquilo não era ovo porcaria nenhuma, era gravidez. Diante do assombro do casal amigo, que virou a cabeça em sincronia, Meire jurou que casou virgem.

Recuperados, foram direto do mel da lua morar de aluguel no apartamento da rua Barão de Ladário, número 8, esquina com a Oriente. O apartamento fora uma indicação de uma antiga freguesa da Ciocler e Filho Confecções, que morava pelas redondezas. Vinha bem a calhar, já que o imóvel ficava bastante próximo da loja, onde ambos passariam agora os dias, e os anos, trabalhando.

Meire aprendeu rápido a fazer o "controle de assistência às costureiras", anotando num caderno, além da quantidade de tecido a elas entregue, a qualidade das peças confeccionadas devolvidas.

O casal não recebia salário. Em compensação, Sucher pagava o aluguel do apartamento e Pina enchia a geladeira com o suficiente para as três refeições.

Nas noites de sábado, já bastante grávida do primeiro filho, Meire sacolejava ao lado do esposo no banco de trás do carro dos sogros para acompanhá-los aos estúdios da Rede Record e vomitava em sacos vazios de pipoca esquecidos nas arquibancadas de onde assistiam às lutas gratuitas de boxe, transmitidas ao vivo pelo canal.

De volta para casa, a pejada dormia abraçada com a fome, no lugar da ânsia.

Ao menos semanalmente Meire perdia a placidez e discutia com o marido. Exigia que conversasse com o pai e reivindicasse o óbvio, que era o direito de retirar do caixa da loja algo que correspondesse a um pagamento pelo trabalho. Afinal, ela estava grávida, queria ter a liberdade de poder fazer uma feira de vez em quando, comprar aquilo de que tivesse vontade, um desejo qualquer para matar a apetência que a assolava durante as noites.

Semanalmente, Boris ouvia calado a bronca da mulher e prometia para o próximo final de semana a tal conversa com o pai na qual faria, sim, as reinvindicações.

Meire suava diante da máquina de corte que assumira desde o pedido de demissão da antiga cortadeira, dona Lenir. Foi ali que sentiu crescer a barriga. Sem vento, naquele fundo, pôde de longe testemunhar o medo silencioso que exalava o marido diante do pai. Condoeu-se de tão enraizada opressão e acabou tornando-se cúmplice e porta-voz dos rancores abafados que dela brotavam.

Quando a nora entrou em trabalho de parto, depois de exatos nove meses do casamento, prova de sua inocência virginal, Sucher pagou a maternidade e limpou com aspirador de pó a casa. No corredor do hospital, esperou ansioso com o resto da família pelo primeiro neto.

Já com todos outra vez à sua volta, mas agora com uma menina embrulhada no colo, a mãe inaugurada revelou uma antiga promessa: chamaria aquela filha querida e muito bem-vinda de Eike, em homenagem à sua falecida e inspirada avó, a quem devia o sagrado aprendizado de saber sentir amor.

Sucher retirou-se.

Esperou que o quarto esvaziasse de gente e só então é que voltou.

Fechou atrás de si a porta, puxou uma cadeira e sentou-se ao pé da parida. Contou-lhe da antiga promessa que fizera, ele também, nos corredores de um hospital como aquele, de dar à primeira neta, se viesse uma neta, o nome da mãe, Sure, brutalmente assassinada pelos alemães na Bessarábia.

Meire pediu que a deixasse sozinha. Sem poder dormir, ainda que a cabeça estivesse enterrada no macio de um travesseiro, achou que seria justo que a filha carregasse consigo pedaços de almas das duas famílias. Decidiu que a menina chamaria então Eike Sure. Eike em homenagem à sua avó, como havia já decidido, e Sure em homenagem à avó de Boris. Seria mesmo o justo.

O resto da noite, passou acordada para certificar-se de que estava fazendo aquilo pelo marido, não por Sucher.

Eike Sure.

E acharam que Sandra Helena fosse uma boa tradução para o português.

XXVIII

Sentado com a bunda na calçada e os pés pra dentro da rua, eu brincava com a areia que escapava por debaixo do tapume rosa que tapava a construção da casa no terreno que tinha ficado tanto tempo à venda, sem tapume.

Bem de frente, do outro lado, ficava a nossa, pré-fabricada, de madeira, pronta já, onde eu passava os fins de semana e alguns feriados.

Isso tudo era na rua 8 do condomínio Arujazinho 4.

Demorava quarenta e cinco minutos pra chegar de carro.

Como já começava a ficar tarde na rua 8 e não tinha erro dos mosquitos virem picar naquele horário, resolvi voltar correndo pra dentro. Saí quando ainda era bem dia. Meus pais ficaram lá, conversando com o tio Zé, a tia Clarisse, o tio Júlio e a tia Judith, que eram os amigos adultos de São Paulo que também tinham casa no Arujazinho 4, só que em outra rua.

Sempre que eu corria num lugar vazio, me dava certeza de que tinha alguém correndo atrás de mim. Mesmo que eu soubesse que na verdade não tinha, não adiantava. Dava muito medo. Então eu tinha que acelerar tudo e só parar quando entrasse em casa e fechasse a porta.

Quando entrei, vi que os adultos tinham feito uma roda com as cadeiras emprestadas da mesa. Minha mãe, sentada de costas, olhou assustada. Provavelmente por causa do barulho que fiz. Mas, quando viu que era só eu, voltou, como se nada demais tivesse acontecido.

— Um homem tentou me sequestrar — eu gritei.

Pronto. Parou a conversa e todo mundo veio me abraçar e ficou fazendo pergunta sem parar. Ali no meio, eu aproveitei o medo que tinha acabado de sentir de verdade e usei pra dar vontade de chorar, enquanto ia respondendo. Preto. Curto. Tinha um pouco de barba, sim. Não, só um pouco. A camiseta era vermelha, e a calça acho que era azul. Magro. Ué, que ele ia me levar embora. Não falou. Me segurou assim pelo braço e disse que se eu não fosse por bem, ele ia me machucar, e que se eu gritasse, ele ia machucar vocês. Porque eu dei um puxão e corri pra cá.

Vi minha mãe estirada na poltrona tentando se acalmar com a água e o açúcar que a tia Judith tinha buscado na cozinha.

Meu pai gostou da ideia que deu o tio Zé e me colocou no banco da frente do carro, mandou eu colocar o cinto e andou comigo pelo condomínio todo com o farol alto ligado, pra ver se eu reconhecia alguém. Quis saber se o homem tinha me ameaçado com alguma coisa, um revólver, um canivete, mas eu achei melhor dizer que não. E como a gente não encontrou ninguém, foi até a guarita da segurança da entrada, desceu do carro e me levou até lá dentro. Contou a história pros moços e eles me encheram de mais perguntas, dessa vez tudo coisa difícil de inventar na hora.

Mas eu consegui.

O segurança-chefe ligou pra polícia de Arujá e eles mandaram um carro com sirene e tudo, ligada, pra fazer uma "busca" junto com a viatura do Arujazinho 4.

Mandaram ir pra casa e ficar com a porta trancada.

A gente foi e ficou todo mundo abraçado na sala esperando notícia.

O homem magro de cabelo curto e um pouco de barba nunca mais foi visto. Nem pela polícia, nem por nenhum outro morador do condomínio.

E embora nunca mais também eu tivesse podido brincar sozinho no deserto da rua 8 depois das cinco, pelo menos tinha conseguido me aliviar do desespero que deu quando eu tanto fiz pra minha mãe e também me vingar daquele desprezo todo dos adultos que eu, sinceramente, não merecia. E, de lambuja, ainda descobri em mim um talento nato.

XXIX

Sandra Helena mamava no peito da mãe escondida pelo balcão. O aventado que vinha da geringonça parafusada no teto fazia respirar os papéis sobre ele soltos, na ida e na volta, mas nunca que alcançava aquele canto, e Meire escorria sob os olhares sedentos dos árabes circundantes. Eram provavelmente atraídos pelo bom preço e pelos dizeres na faixa da entrada, cuja promessa e simpatia da língua desembocavam na foto de Nasser, ao lado do caixa.

Finda a mamada, Meire devolvia o seio para o descanso, os olhares, a seus respectivos donos e Sandra Helena, à babá, que voltaria com a criança para casa. Depois, caminhava até os fundos da loja para continuar, sugada, no auxílio à sogra. Em Boris, atolado em seus fardos, no caminho, fazia questão de uma bitoca que não distraísse.

Sem que Sucher desconfiasse, Pina escondia sob a saia as sobras de tecido que mais tarde passaria pela janela do banheiro, metidas num saco, para a empregada do outro lado do vidro. À noite, em casa, criaria as fraldas e roupinhas para vestir a neta.

Aos domingos, o comércio judaico também fechava. Enquanto Boris testava botecos na ânsia de provar uma coragem que o fizesse capaz de cumprir sua promessa, Meire recebia em casa a visita secreta de Shmuel, seu pai.

Em nome do zelo que via na pequena em não humilhar ainda mais o marido, Shmuel tolerava a conduta dura de Sucher com a família da filha. Mas geladeira vazia, ele não toleraria. Entupia de bons alimentos a doce menina, que com gosto os escondia para que Boris, mais tarde, pudesse fingir não saber de onde vinha o que encontrava nos armários de cozinha.

Nos dias de semana, Jackson levantava cedo para preparar o próprio café. Andava duas quadras até o ponto de ônibus fincado na rua Oriente e esperava ali a condução que o levaria até a praça Clóvis Bevilácqua, de onde caminharia pela rampa da Rangel Pestana até o Colégio Estadual Parque Dom Pedro, onde fora admitido após ótimo resultado no Exame Estadual. Em dias de calor excessivo, era permitido vestir calças curtas, acima dos joelhos. Se a opção continuasse sendo pelas compridas, a gravata seria obrigatória. Na saída, refazia exato o caminho de volta para almoçar, pontual, junto aos pais, que subiriam da loja.

Ao descer no ponto da Oriente, avistou um dia, na terra batida que encobria a obra da companhia de saneamento, um relógio parado no mal tempo. Como não avistou ninguém por perto, achou esperto colocá-lo no pulso e voar correndo para casa. Sucher deu no filho uma surra moral e cívica. Pela primeira vez na vida, acompanhou-o no caminho até a escola. Pediu reunião com a responsável pela instituição e, depois de relatar-lhe o causo e também o castigo por ele aplicado, deixou sobre a mesa da diretora o relógio afanado e, sob os cuidados da profissional, o moleque apanhado.

Depois do almoço, Jackson seguiu magoado num táxi até a Consolação. No colégio Renascença, tomava todo dia aulas de hebraico no seminário criado pelo seu antigo professor do Luiz Fleitlich, Mar Kreps.

Kreps, idealista e convicto que era da importância da contínua formação de ensinadores de língua hebraica como estratégia fundamental para a manutenção das comunidades diásporas, não cobrava pelas aulas que ministrava e fazia questão de pagar do próprio bolso a condução dos interessados, ainda que fosse um táxi.

Aluno exemplar, embora condenado, Jackson ia buscar alguma alegria com Israel, o único entre seus amigos que tinha em casa uma televisão colorida. Juntos, assistiam vidrados às imagens saltarem daquela maravilha quadrada, cujo peso apoiavam no móvel de madeira feito especialmente para seu sustento no meio da sala.

Nos finais de semana, Jackson, Israel, Jacob e Isaac se revezavam em duplas para o jogo de taco, ali mesmo na Oriente, onde raramente passava um carro. À tarde iam ao cinema Marabá ou no Ipiranga ou ao Olido, dependendo do filme que a maioria tivesse escolhido. Isaac era o mais velho e também o mais rico. Carregava o carro emprestado do pai com a turma e estacionava sereno pelas redondezas do viaduto do Chá esvaziado, à espreita de meninas que topassem subir para um passeio com drinques, em troca de carícias ousadas e seus respectivos gozos afobados.

Quando Sucher trocou a velha televisão sem cor por uma colorida, a casa virou o ponto de encontro onde a vizinhança vinha torcer por um calouro que desbancasse o Flávio Cavalcanti no programa em que o céu era o limite.

A TV fez daquela casa também o quartel-general da turma sempre que o chato do pai do Isaac cismava que não podia usar a dele. E conferiu ao magricela do Jackson um prestígio cujo gosto ele gostou de experimentar.

XXX

A humilhação uma hora exaure.

E exala.

Quem primeiro sentiu seu cheiro foi Idel, amigo desses raros, atento. Ainda que soterrado pelos destroços de seu próprio casamento, enxergou o entristecido Boris pelos cantos e propôs vender-lhe seu tesouro. Ia ter que dar fim ao negócio herdado do pai, erguido sobre tanto sacrifício, para cumprir sua parte no litigioso. Que ao menos tivesse o alento de passar, para um amigo precisado, o ponto precioso.

Boris não pôde acreditar na proposta dita assim, como se fosse qualquer coisa. Para ele, aquilo soava feito milagre. Um desses de dimensões bíblicas. O maná caído do céu no deserto que andava sua vida. Caiu foi ele de joelhos diante de Idel. E chorou. Ajoelhado, com as mãos para o céu, pensou em Moisés, na velha história do Egito, e foi inevitável que se lembrasse do burrico.

Diante de Meire, choraram os dois.

Decidiu que iria imediatamente ao encontro do pai para agendar uma conversa para o domingo, naquela mesma casa, onde comunicaria sua intenção. Intenção não, decisão, corrigiu a tempo. No caminho, apenas por precaução, visitou a padaria da esquina e tomou cinco doses de cachaça, num copo que completou com Tubaína. Tonto, achou melhor antes de qualquer coisa, organizar-se nas ideias. Pediu caneta e papel emprestado e escreveu ali uma espécie de ensaio. Caminhou confiante até a casa do velhote, mas, diante da porta fechada, achou que o melhor seria passar por debaixo dela o papelote.

Sucher compareceu à casa no domingo, conforme orientado em guardanapo confuso e manteve o olhar para baixo para ouvir melhor o murmúrio do filho.

Meire ficou no corredor, como o marido havia pedido.

Sucher surpreendeu os apreensíveis. Disse que andava mesmo cansado do trabalho. Se Boris queria assumir negócio próprio, que o fizesse, então, com o seu próprio negócio. Assim, não precisaria ele perder o ponto erguido sobre suado sacrifício. Mas, emendou logo, a divisão seria justa. Já que Jackson não fora aprovado no vestibular para medicina, a loja pertenceria aos dois.

Quando fechou a porta de casa, deixando para fora qualquer vestígio do pai, Boris quase enfartou. Não era possível. Não bastasse Idel ter aberto as águas do mar salgado para que buscasse sua liberdade, agora o próprio tirano o conduziria à terra prometida sem que nem lhe fosse exigido vagar por deserto algum.

Jackson entrou em seu quarto também quase enfartado depois da notícia anunciada. Para ele, aquilo soava feito tragédia. Uma daquelas de dimensões gregas. A bomba caída do céu que atingiu em cheio seus sonhos na cabeça. Caiu foi ele, de joelhos. E chorou. Não entendia nada de loja. Nada. Não tinha intimidade com o irmão para dividir com ele o que quer que fosse. Havia planejado um ano todo dedicado ao cursinho, já sem a escola ao mesmo tempo, uma chance agora justa de provar que, sim, ele podia vencer o vestibular e tornar-se um médico que pudesse orgulhar.

Naquela noite, todos da casa meteram a cara em seus travesseiros e dormiram acordados.

A primeira reunião da nova sociedade, Sucher planejou fazer para tentar ensinar aos filhos alguns truques e nuances da contabilidade. Mas, como a coisa não parecia interessar os meninos, estendeu-lhes a conta com o custo total do que havia em estoque. Aquela soma, deixou claro, teriam que pagar, além do aluguel do ponto, claro, e as despesas mensais com os custos da loja. Na fachada, trocou a placa Ciocler e Filho Confecções por uma maior, em que se lia Ciocler e Ciocler Confecções, e pediu aos irmãos que apertassem as mãos.

A divisão do trabalho, os sócios acharam por bem que não fosse assim uma divisão de trabalhos propriamente dita. Isso só iria tornar as coisas mais confusas. Melhor seria se ambos pudessem cuidar de tudo. Dependendo de quem estivesse mais perto do quê. Do caixa, foi acertado que pegariam o que fosse preciso para cobrir, cada um, suas despesas. Nas sextas-feiras, seria permitido mais algum, para o final de semana. O que sobrasse, seria devolvido na segunda.

A crise assolava o país naquele ano de 1962, e não mostrava sinais de trégua. Em reunião demorada, os irmãos sentenciaram ser essa a causa da sensível diminuição da clientela. Afinal, nas planilhas, o dinheiro aparecia escoando aflito pelos salários dos funcionários, pelas contas de luz e do telefone, pelas compras com material de limpeza, pela manutenção, pelos impostos, pela reposição e, principalmente, pelas parcelas da dívida que ainda deviam para o pai.

Para piorar, Jackson deixava o penoso trabalho de fechamento todo com Boris, para chegar a tempo no cursinho Brigadeiro. Em novembro, prestou vestibular para a Escola Paulista de Medicina, mas foi outra vez reprovado. Correu para o de odontologia e conseguiu nesse uma vaga para o curso noturno.

Sucher não entendeu para que serviria um filho dentista, mas acabou concordando com Pina: era melhor do que nada. Ao menos, daria um diploma ao menino e, de sobra, permitiria que ele seguisse com a loja. Fosse a sonhada medicina, e provavelmente o coitado não suportaria.

Aquele ano difícil guardava ainda um desfecho agitado.

Em dezembro, Jackson deveria apresentar-se ao serviço militar. Sucher tranquilizou a mãe preocupada. Havia já se acertado com o mesmo conhecido que liberara Boris, na época de sua convocação. A orientação era que o alistado comparecesse notadamente malvestido e dissesse na entrevista com o oficial que era filho de família muito pobre e, portanto, como arrimo era exigido.

Jackson compareceu à junta junto do amigo Israel, convocado a apresentar-se no mesmo dia e local. Provavelmente, pela proximidade dos aniversários. Na entrevista, dito o combinado, o militar já preenchia a ficha quando perguntou ao desprovido o telefone de casa, para um eventual contato. Jackson deu-lhe prontamente o número da loja. O soldado interrompeu-se em sua encenação, encarou com desprezo o abusado e, com a autoridade que lhe vestia, escancarou a armadilha em que o pobre caíra feito pato: como era possível que uma família tão necessitada do fedelho como arrimo tivesse em casa uma linha e um aparelho? Constrangido, confessado e comprovado por documento que o espertinho, na verdade, era aluno matriculado em faculdade pública, foi intimado a comparecer afiado para exame no Centro de Preparação de Oficiais da Reserva, o CPOR.

Noutra sala, diante de outro oficial, Israel também caiu. Na saída do edifício militar, riram-se os dois de suas lerdezas, puta que os pariu!

Na semana seguinte, compareceram ao exame e foram ambos aprovados.

Além dos domingos regulares, quando se vestia de soldado raso e afogava na lama os sanduíches que a mãe arrumava na marmita amarrada agora ao cinto para os exercícios, Jackson ficava internado no quartel os meses inteiros de julho, dezembro e janeiro e ainda tinha de comparecer às saídas surpresa para acampamento na mata, comunicadas sem antecedência, o que irritava profundamente Boris e Meire, que sobravam para desatar sozinhos os infortúnios daquela indecência.

Nos finais de semana, depois do trabalho, dos estudos e dos exercícios no quartel, onde aprendia a lambuzar-se nas delícias da lógica da autoridade, Jackson murchava nos encontros com Rosinha, que insistia em insistir em casamento. Ele não queria casar. Tinham se conhecido havia apenas um ano na casa de Isaac, tudo meio no sarro. Depois é que foi ficando mais sério. Agora, a moça teimava em teimar nesse assunto. Jackson respondia, sempre raso, fingindo alguma paciência, que já cansara de explicar que seria muito mais inteligente esperar que se formasse e começasse a trabalhar.

Sucher não gostava da namorada do filho. A família da moça, descobriu que era por demais simplória, depois da pesquisa que encomendou com um conhecido.

Rosinha, por sua vez, viciada que era em tornar públicos seus privativos, foi aconselhada pelo apinhado das indignadas a terminar o namoro pífio. Sem querer passar com a carroça na frente dos bois, apenas para ajudar, acharam de bom-tom apresentar à pobrezinha um milionário muito gentil, que, souberam, andava à procura de um compromisso. Não demorou muito para que Rosinha rompesse com Jackson, acusando-o de arbitrário, para se casar com o tal homem gentil, muito milionário.

Livre de pressões da ex-namorada, Jackson passou a frequentar as famosas Domingueiras da Hebraica e conheceu, ali, Solange. Com ela, a coisa rolava diferente. Era divertida, leve. Ria dele o tempo todo. Sentia-se curiosamente engraçado e potente.

Sucher não gostou da namorada nova. Dela, não conseguiu descobrir muito, não, mas, do pai, soube que comprava camisa na loja do Simão. Uma coincidência. Pediu, então, que o amigo fuçasse algo na família e descobriu que uma prima de primeiro grau da dita pretendente era casada com um gói. Aquilo era o suficiente. Chamou Jackson para uma conversa e comunicou ao filho que já havia agendado, acertado e confirmado um encontro dele com uma moça chamada Jeanete, neta do grande Salomão, com quem visitava festas de casamento e bar mitzvahs nos finais de semana, pedindo doação. O encontro fora um pedido do amigo, uma bênção. Mais que uma bênção, um presente. Afinal, conhecia os valores sobre os quais Salomão cravara as vigas que sustentaram a educação dos filhos. Jeanete era a mais nova de Mendel, homem correto como o pai, sabia bem, e dono já de uma boa loja de brinquedos no Brás, que nomeara Doray, em homenagem a Dora, sua esposa, o que dizia muita coisa. O homem queria muito casar a filha e o encontro estava então marcado para o domingo seguinte na Hebraica, às quinze horas em ponto, no lado de dentro da entrada principal do clube, e pronto!

Chegado o dia, Jackson mentiu para Solange ao telefone quando disse que infelizmente não poderia encontrá-la naquela tarde ensolarada porque tinha que estudar para uma prova difícil, marcada de surpresa pelo irresponsável professor de anatomia. Metido em seu carro, dirigiu-se ao encontro arranjado, gritando impropérios aos vidros fechados.

Jeanete chegou acompanhada dos pais, Mendel e Dora, da irmã, Regina, e do noivo da irmã, Hernani, conforme decorou enquanto apresentavam-se formalmente. Feitas as mesuras, a comitiva deixou sozinhos os destinados.

Era bonita, a moça.

Ele, a princípio, ela achou um tanto magro.

Jackson não aguentou por muito tempo o silêncio todo que se fez. Na tentativa de dizer algo que pudesse interessar Jeanete, desviou do chão o olhar e foi catar no ar um assunto. Encontrou no caminho, parada na rampa de acesso, sua Solange. Pôde vê-la dali murchando, para sempre, num doído desgosto pelo incrédulo flagrante.

XXXI

Eu estava distraído no banco do carro quando minha mãe me chamou, apontou pela janela e disse que era ali que eu ia estudar no ano que vem.

— Aqui?

Ela respondeu que sim e que eu ia gostar, enquanto fiquei tentando achar pelo vidro de trás o lugar que já tinha passado. Foi só quando parou no sinal vermelho que explicou: era ali que estudava o Henry, filho da tia Judith e do tio Júlio. Eu não lembrava de tio Júlio ou tia Judith nenhuma e muito menos do Henry e, sinceramente, não sabia se queria ser amigo de quem chamava assim.

A escola onde eu fui estudar no ano que veio também tinha um nome esquisito: Chaim Nachman Bialik, mas todo mundo chamava só de Bialik. Quando a gente perguntava que raio de nome de escola era aquele, o que explicavam era que era uma homenagem pro nome de um poeta famoso de Israel, que já tinha morrido. Tá bom.

O Bialik ficava no Brasil, na rua Simão Alvares, em Pinheiros, e foi lá que eu conheci meus amigos. Inclusive o Henry, que a gente chamava de Pudim, uma homenagem pra barriga dele, muito famosa também, mas que parecia que não ia morrer nunca. Além de matemática, de português, de história e de geografia, tinha aula de hebraico e de história dos judeus.

O Bialik acreditava tanto no calendário de Israel quanto no brasileiro, então, todo ano tinha feriado o ano inteiro. Se fosse judaico, no dia antes de não ter aula a escola toda descia pro salão, sentava no chão e a morah Rina dava pra cada um uma frase de reza pra falar em hebraico ou então cantar, se quisesse.

Eu era bom aluno e também comportado. De qualquer jeito, a mãe do Pudim, a tia Judith, é que era a coordenadora. Era amiga da família, então meio que estava tudo acertado.

Da saída do Bialik, minha mãe me levava de carro até a Hebraica pra eu fazer a escola de esportes. Tinha dia que era natação, outro que era basquete, tênis, futebol, corrida. Não sei de quem foi a ideia, mas ela me inscreveu também num curso de expressão artística, de terças e quintas. Alguém falou que era bom pra tímido. Mas o Pudim não era tímido e a tia Judith inscreveu ele também.

Nossa morah no curso de expressão artística era a tia Jaqueline Brill. Ela dava uns panos coloridos e falava pra juntar com um par, que a gente mesmo escolhia, inventar uma história e depois apresentar pros outros.

A tia Jaqueline tinha pelo no sovaco. Tava sempre com uma calça bem largona e colorida e uma camiseta sem manga que deixava ver o sovaco peludo dela. Eu não conseguia parar de olhar. Sempre que ela abria o braço, eu virava pro Pudim e a gente ria junto. Era livre, a tia Jaqueline.

Quando eu passei pra quinta série, comecei a ir pra Hebraica de ônibus, sempre junto da turma. Pagava a passagem com os passes mais baratos que minha mãe comprava com a minha carteirinha da escola. Do Bialik, tinha que ir a pé até a Cardeal Arcoverde e pegar o Iguatemi ou o Imirim, que deixavam bem em frente ao shopping. De lá, era só andar três quadras pra dentro e já chegava no clube. Eu ia sem muita coisa porque de vez em quando tinha trombadinha. Levavam o tênis, o relógio e, se desse mole, a calculadora também.

Na quinta série, podia já participar do grupo de danças folclóricas, se quisesse. O coreógrafo era o Gingi, que queria dizer "ruivo" em hebraico. Ele me chamou pra fazer parte do grupo Shalom, que ensaiava todo sábado de manhã na Hebraica. Eu fui. O Pudim foi também. Muita gente foi também. No final dos ensaios, tinha que ficar suado no chão, ouvindo os recados. Um dia, depois que o Gingi falou tudo que tinha pra falar, e nunca era pouco, disse que um amigo dele queria dar um recado também. Um tal de Heitor. Era bem gordo e careca, o Heitor. Deu um oi geral e depois disse que tava abrindo um grupo de teatro, pra ensaiar todo sábado, depois do Shalom, e queria convidar quem dali quisesse participar. O Pudim olhou pra mim e levantou o braço. Eu, não. Já fazia muita coisa.

Muito de vez em quando eu jogava bola na quadra do poliesportivo. Um dia, no vestiário, o Pudas, que era o apelido do Pudim, me disse que o grupo de teatro tava muito legal e que eles iam montar a peça do *O gênio do crime*, que a gente já tinha lido na escola, e que o Heitor precisava de mais gente, porque tinha muito personagem, e ficou insistindo pra eu ir lá um dia, pra pelo menos experimentar. Aí eu fui.

Primeiro, ensaiava só de sábado, que era o combinado. Depois, o Heitor veio com um papo que tinha que ensaiar de domingo também, pra dar tempo de ficar pronta a peça. Ele dava exercícios de aquecimento, depois de concentração, de voz, de formar duplas pra conhecer o corpo do outro no escuro, de improvisação e só depois é que pegava no texto. Eu achava que, se tirasse a concentração, o aquecimento e os exercícios de voz, dava pra ensaiar só sábado.

Isso tudo durou junho, julho, agosto, setembro e outubro.

Quando faltava só uma semana pra estreia, todo mundo ficou muito nervoso. A gente já tava encontrando todos os dias da semana, sem hora pra pedir pros pais irem buscar. O Heitor chegou chorando. Disse que tinha ido de tarde na casa do autor do livro, pra convidar ele pra estreia, e que o cara tinha ficado puto porque ninguém pediu autorização de direito autoral pra ele e que, por isso, não ia deixar a gente fazer a peça porcaria nenhuma. Primeiro, todo mundo achou que fosse brincadeira. Era a cara do Heitor fazer aquilo. Mas depois viu que não, era sério. Ele tava chorando mesmo, não era fingimento. A gente se abraçou e chorou junto com ele. Abraçado, o Heitor se acalmou um pouco. Já meio rindo, daquele jeito dele, contou que tinha dado um vexame na frente do cara pra explicar que a peça era amadora, de alunos, que ninguém ia cobrar ingresso, só ia passar dentro do clube. Pediu pra fazer uma roda e cada um olhar bem fundo no olho dos outros. Foi muito emocionante, porque ninguém sabia como sentir sozinho o que tava sentindo. Ele abraçou mais forte ainda quem tava do lado e o aperto rodou a roda toda. Só aí confessou que, depois de insistir muito, o autor, totalmente de saco cheio, tinha autorizado fazer uma apresentação. Só uma. Ninguém entendeu se era pra sentir alívio. Mas, como ia ter então a estreia, tinha que ensaiar. A gente desfez a roda e passou pela primeira vez um geral, do começo até o fim da peça, e ela ficou muito boa. Naquele dia, ainda tinha que escolher um nome pro grupo, pra dar tempo de aparecer escrito no programa. Ninguém conseguia ter uma ideia que fosse boa. Foi o Lelo que sugeriu de chamar então o grupo de NDA, que era Nenhuma Das Anteriores, ele explicou. A gente juntou as mãos e gritou pela primeira vez:

— NDA!

Mas o combinado ficou de falar pros outros que NDA era Núcleo Dramático e Artístico, pra não ficar babaca.

No dia 19 de outubro de 1995 o grupo NDA estreou em única apresentação a peça *O gênio do crime*, no teatro Arthur Rubinstein, na Hebraica.

Naquela noite, depois do terceiro sinal, que o Heitor combinou que ia tocar antes de tudo começar, eu vi, por baixo da cortina fechada, as luzes da plateia apagando devagar enquanto o murmurinho foi ficando quieto. Quando o silêncio ficou assustador eu entrei, como a gente tinha ensaiado, pela primeira vez, no escuro de um palco.

XXXII

Nas noites das quartas-feiras, Boris distraía a semana com os irmãos da maçonaria. Findadas as reuniões trancadas, ainda diante da porta, a confraria, sempre em roda polvorosa, opinava sobre as últimas novas. Como aquela loja, que carregava no nome a homenagem ao legado do grão-mestre Mario Behring, era frequentada basicamente por judeus, as últimas novas giravam sempre no eixo do velho antissemitismo e seus centrífugos ataques terroristas que pipocavam em Israel.

Na dispersão, certa noite, restou-se propositadamente ao lado de Boris um irmão, sujeito encolhido. Encostou-se, gatuno, e, com voz enrouquecida, largou no ouvido do nobre colega um convite para uma reunião que ocorreria na quinta-feira seguinte, à noite, de uma organização secreta da qual fazia parte, criada com o intuito de pensar estratégias de combate justamente ao antissemitismo sobre o qual vira, ainda há pouco, na roda, o irmão opinando em efusivo embate. Foi mais ou menos isso que Boris entendeu, de tanta vírgula que usou o esfíngico. Agradeceu, discreto, o convite e prometeu comparecer ao encontro, cujo endereço o amigo poderia anotar, disfarçado, no verso do talão de cheques.

Na quinta-feira, diante da casa de número 53, Boris parou para conferir o anotado. Aquele lugar não parecia... Nem completou o raciocínio e já se viu assim cercado por dois sujeitos mal-encarados. Quiseram saber trivialidades sobre seu bar mitzvah, a origem de sua família, se já havia visitado Israel, se sabia rezar, se podia rezar alguma coisa para eles verem e, por fim, se possuía em casa uma linha telefônica para um eventual contato.

Na sala, Boris foi bem recebido. Convidado a sentar-se junto aos outros num sofá revestido, de frente para uma misteriosa parede branca, assistiu estarrecido, quando as luzes apagaram, a uma perturbadora sequência de slides montados com fotogramas de estabelecimentos brutalmente depredados, de pichações antissemitas e de propaganda nazista explícita, veiculada em revistas e jornais de bairro.

De noite, não pôde dormir.

Acordado, passou a frequentar o grupo ao menos uma vez por semana. Por ser ainda desconhecido da maioria dos membros da organização, que contava com sete outras sedes secretas, por possuir telefone próprio e por inspirar confiança, foi eleito por unanimidade o "CO" daquela célula. Tornou-se, assim, responsável por receber via chamada telefônica as denúncias e, sem jamais se identificar (a não ser pelo pseudônimo que receberia), repassar, no caso de pichação, o endereço da agressão para que a equipe noturna cuidasse de apagá-la com cal, se fosse frase, ou de transformar em flor, se suástica fosse, adicionando-lhe quatro linhas de mesma cor de tinta, transmutando assim em beleza o nojento símbolo nazista. Se o caso fosse de publicação impressa, as provas deveriam ser reunidas e encaminhadas ao conselho setorial, no encontro semanal seguinte.

Boris cumpria com gosto e competência sua missão como "CO", embora não fizesse a menor ideia do que abreviavam aquelas letras. Num telefonema que atendeu já com voz que julgou pseudônímica, foi avisado de que no mês de julho haveria um treinamento intensivo e obrigatório de defesa pessoal e outras técnicas num sítio secreto em Mairiporã. Ainda não sabiam dizer quando seria a sua convocação específica, porque a ideia era formar várias turmas, que seriam escalonadas em semanas diferentes do mês, a fim de manter intacto o caráter compartimentado da organização, tática fundamental para garantir o sigilo dos trabalhos desenvolvidos com cada núcleo, assegurando, assim, a segurança geral.

Ainda que Boris não entendesse muita coisa do que era dito nos telefonemas, o suficiente, ele compreendia: em breve partiria para alguns dias num sítio. Melhor então seria, com as crianças já dormindo o quinto sono, contar logo a Meire sobre aquela outra confraria, pedir a ela mil desculpas antes que viesse a gritaria, dizer que apenas seguia duras ordens de manter sigilo, acalmá-la, já que seu trabalho consistia apenas em atender telefonemas, explicar que ela podia ficar tranquila, que ninguém sequer sabia, porque, esperto, atendia como Harón, tradução no hebraico para armário, de tão fechada que mantinha a boca treinada, e, depois abraçá-la, comovê-la com a importância daquele seu trabalho frente à crescente onda antissemita que inundava o mundo, com ataques violentos a sinagogas e instituições. Onda essa que uma hora bateria à própria porta, ameaçando a tranquilidade e a segurança da família. Terminaria cumpliciando com ela seu segredo: a crença convicta de que a tal organização discreta fosse coordenada pelo temível serviço secreto israelense, o Mossad.

Na segunda semana de julho, Boris partiu para Mairiporã carregando na alma a apreensão de Meire e nas mãos a imensa mala que ela preparara na véspera com roupa leve para o calor, agasalho para o frio, boné para o sol e repelente para os insetos.

Passou uma semana dormindo em estranhos beliches, aprendeu devotado as técnicas de defesa pessoal utilizadas pelo exército de Israel, teve lições de táticas avançadas de perseguição e rastreamento, entendeu como identificar suspeitos, treinou como abordá-los com segurança, como se vestir, mas saiu-se melhor mesmo foi no curso de tiro ministrado pelo irmão Moacir.

Obviamente, Meire não aceitou esconder em casa a caixa com as sete Berettas que Boris ficou encarregado, por votação unânime, de guardar em segurança. Foram necessárias semanas de acaloradas discussões, refrescadas com doses de gelos apaziguadores, para que chegassem, enfim, a um acordo: as armas ficariam em casa, desde que intocadas, longe do alcance dos pequenos e sem balas. E sem discussão. E eles lá é que dessem um jeito de votar unanimemente em outro para guardar a munição.

Em meados de 1967 correu pelo grupo a suspeita ultrassecreta de que Menguele, sim, Joseph Menguele, estaria refugiado no Brasil. E justamente em São Paulo, correndo como um covarde do Mossad, àquela altura totalmente mobilizado em sua caça e captura com vida para um justo julgamento em Israel, onde seria provavelmente condenado à morte. O monstro estaria escondido numa casa da Cardoso de Almeida, por ironia, vizinha de muro do Schmit, irmão também da maçonaria.

Boris e mais dez companheiros foram designados, por votação unânime, para a missão sigilosa de frequentar a casa como se fossem inquilinos e obter informações relevantes observando a movimentação na vizinhança, atentando para qualquer pista que pudesse confirmar o paradeiro do rato nazista naquele buraco murado ao lado. Boris quis saber das armas encostadas em sua casa sem as balas, mas ouviu que, por enquanto, não seriam necessárias.

Por quinze dias, o grupo ficou hospedado na casa do Schmit, disfarçando seu real objetivo com churrascos regados a piscina e cerveja, sem que vissem ou ouvissem nada que parecesse suspeito.

Quando o telefone tocou procurando por Harón, Boris demorou para entender que o negócio era com ele. Com a toalha apertando a barriga e o gancho molhado no ouvido, recebeu a informação de que Menguele, provavelmente incomodado com a bagunça dos vizinhos, havia fugido. Possivelmente, para a represa de Guarapiranga.

Voltaram todos, depois de enxugados.

Em reunião marcada em caráter de urgência, souberam o sentido da suspeita. A represa concentrara por décadas uma enorme colônia de imigrantes alemães, que poderiam perfeitamente estar abrigando, orgulhosos, o fugitivo.

Seriam formadas, então, três duplas cujos pares não se conhecessem, para, no sábado seguinte, em carros que não despertassem desconfiança, estacionarem em diferentes pontos, marcados no mapa, da estrada estreita de acesso à represa, a fim de monitorar qualquer movimentação suspeita.

Harón foi eleito, por votação unânime, como representante do grupo que se reunia às quintas. Quis saber das armas sem balas, mas a orientação foi a de que deveriam, por enquanto, ainda permanecer guardadas.

Em casa, Boris inventou que precisaria, no fim de semana, levar umas mercadorias para tentar vendê-las na Guarapiranga a um promissor cliente, e que seria bom se conseguisse emprestado o carro do sogro, por ser maior e mais novo, o que talvez ajudasse a impressionar. Foi bem cedo pegar o carrão emprestado e estacionou na esquina da rua Prates para embarcar sua secreta parceira, de codinome Mirna, a quem reconheceria pela blusa branca e os cabelos aloirados.

A viagem foi de poucas palavras, conforme orientação mútua.

Estacionaram no local assinalado e silenciaram o motor do carro. Como nada de suspeito acontecia, combinaram um cochilo revezado.

Despertaram os dois juntos, por causa de batidas estranhas nas janelas. Eram canos de revólveres, um de cada lado, empunhados por garotos de uns dezesseis anos cada, que gritavam abafados por detrás dos vidros.

Sonolentos e rendidos, aos poucos é que foram entendendo que se tratava de um assalto, não de um fascinante contra-ataque da juventude nazista. E mantiveram as mãos para o alto.

Antes de entrar no veículo roubado, um dos meninos tentou ainda arrancar o relógio de ouro do pulso de Boris, que resistiu teimoso ao furto. Não por valentia. Era preciso proteger ao menos o presente de noivado do sogro, cujo carro emprestado, infelizmente, ele não mais devolveria. Acabou tomando um chute de sola no meio do peito, mas manteve a compostura e a mão bem agarrada ao relógio do pulso direito, embora sentisse uma tontura.

Aturdidos, Harón, o "CO", e Mirna, cuja sigla ele não sabia, procuraram no mapa o local em vermelho onde estariam estacionadas as outras duplas e correram pelo acostamento chamando a atenção dos poucos carros que passavam, fossem de moradores das redondezas, de espiões à paisana ou de visitantes eventuais da represa.

A dupla estacionada mais próxima assustou-se com os dois desesperados. Acharam que o melhor a fazer, para manter o seu disfarce, fosse fingir prestar algum auxílio, mas, quando entenderam o que falavam os ofegantes, não puderam segurar nem o sarro nem o riso.

Boris não estava para piadas, sabia da encrenca que o esperava quando voltasse pra casa. Insistiu que os amigos desistissem da missão e os levassem até a delegacia mais próxima. Obviamente, ele não iria falar nada a respeito da organização, não era bobo, mas precisava do boletim de ocorrência para provar o roubo. No caminho, a história que ficou acertada de contar ao delegado, mesmo a contragosto da pequena, era que o casal teria parado no acostamento para um namoro rápido e depois, pelo cansaço, adormecido, não percebendo assim a aproximação dos salafrários.

Redigido e assinado por ambas as partes o BO na delegacia, a dupla gentil fez questão de deixar os assaltados seguros em casa, como Mirna merecia.

Diante de uma incrédula e já muito grávida Meire, Boris, graças a Deus, lembrou-se a tempo de não mostrar o boletim policial que falava em namoro no carro com uma tal de Vera. O que conseguiu inventar, diante da fera, foi que teria deixado irresponsavelmente o veículo no acostamento com a chave no contato enquanto mijava no mato e, quando voltou, ainda fechando a braguilha, já tinham levado a caranga.

Com o relato, estourou a bolsa amniótica na sala, inundando o parto do filho quarto. Meire, imersa em contrações, ainda teve tento de reparar e perguntar ao desvairado o que era aquela mancha de terra em forma de sapato no peito. Boris pediu que ela ficasse quieta e se concentrasse nas respirações profundas. Correu para a suíte do casal, catou ali uma mala vazia, jogou nela um tanto de roupa que puxava aleatórias dos armários e gavetas, conferiu a carteira no bolso de trás da calça e trocou de camisetas. Aquela marcada com a sola da mentira, embolou junto das sete Berettas escondidas.

XXXIII

Como Boris ganhara do pai um automóvel ao completar seus vinte anos, nada mais justo que o irmão também tivesse os mesmos planos. Sucher decidiu comprar-lhe o Fiat Topolino rosa estacionado sempre ali em frente, do qual, num durex colado ao vidro, pendia um sulfite escrito VENDE.

Durante a assinatura da papelada, o proprietário honesto avisou, com simpatia: ligassem o rádio em subidas muito íngremes, e provavelmente a bateria não aguentaria.

No primeiro dia sob nova direção, o Topolino arriou na subida da Brigadeiro Luiz Antônio. Por sorte, a avenida era cheia de autoelétricos, mecânicos e curiosos, que se apressaram em fazer parar o trânsito que subia, orientando o assustado Jackson a controlar com o pé o freio, para fazer descer o carro sem causar nenhum imbróglio.

Após análise minuciosa na mecânica, a conclusão foi que a falha fora elétrica. Mas de nada adiantaria apenas uma carga. O motor de arranque, de tão velho, estava exigindo da bichada muito mais do que devia. O garoto disse logo que precisava da autorização do pai para o conserto e pediu ao engraxado tudo escrito em orçamento. De posse da estimativa, já que feita assim às pressas, deixou o carro como garantia e foi ao encontro do pai.

Sucher vociferou através do rebento contra o vendedor da velharia, mas autorizou o tal conserto. Estendeu, metido num envelope, ao filho, o valor pedido em dinheiro vivo.

Ficou prometido tudo pronto para a quarta-feira da semana seguinte, sem falta.

Jackson encontrou mesmo o Topolino consertado, todo limpo e encerado. Estranhou foi a recomendação do mecânico, já no pátio, de não ligar, em subidas íngremes, em hipótese alguma o botão do rádio.

Logo na esquina da Brigadeiro com a Paulista, pegou fogo no rosa do capô do carro.

A perícia do seguro acusou o mecânico de ter deixado solta a mangueira de gasolina que o motor alimentava, motivando assim a combustão indesejada.

Acompanhado do pai, Jackson retornou à oficina ainda trêmulo, com a papelada impressa, e recebeu de volta, sem grandes sustos, o dinheiro gasto.

Com o recebido do seguro, liberado em dia útil, Sucher comprou desta vez um fusca bege, também usado, e deu ao filho no lugar do outro, o chamuscado.

Com o fusca, Jackson ajudava nos compromissos de entrega da loja e levava a turma do CPOR para o estágio obrigatório que haviam decidido cumprir na cidade de Lorena, onde se vingavam nas tropas de iniciantes das delícias da autoridade que, como rasos, aprendiam sobre a lama.

Foi esse fusca bege usado que, anos mais tarde, Jeanete pediu para que Jackson estacionasse à noite numa rua deserta. Ele obedeceu e retirou suave a chave do contato. Estranhou a emoção da futura esposa.

Sabia que ela fora noiva, antes de conhecê-lo, de um sujeitinho muito do mau caráter, que teve a pachorra de abandonar o barco de casamento já marcado, agendado e com todo mundo convidado. Achou melhor subir os vidros e prender o ar.

Ninguém sabe o que se deu no interior daquele fechado, mas, quando abertas as janelas, Jackson já habitava os escombros de um lugar nunca mais abandonado.

Deixou a mulher estupidamente em casa, sem dirigir-lhe afeto, compaixão, conforto ou palavra, ocupado demais que estava com a imagem agigantada de um adversário viril, com quem estaria agora eternamente condenado a competir.

No dia seguinte, chamou Jeanete para uma conversa no fusca: todo vestido de autoridade, como condição para o casório, proibiu para todo o sempre que um determinado nome fosse sequer pronunciado.

Não percebeu, o pobre, que, assim, convidava para seu íntimo convívio um ser invisível, onipresente, onisciente, insaciável e exigente, a quem estaria condenado, para todo o sempre, a ofertar em sacrifício a própria carne. Uma espécie de deus, cujo nome não poderia mais ser dito, nem que fosse em pensamento.

XXXIV

Aconteceu no banheiro lá de casa. Eu era pequeno e tava com a calça arriada. Agachado do meu lado, meu pai ia colocar em mim um supositório de glicerina que o tio Arnaldo receitou pra ajudar com a prisão de ventre. Vi ele tirar da embalagem de alumínio o negocinho esbranquiçado e depois segurar com a ponta dos dedos, que ficaram melados. Pediu pra eu virar de costas e me apoiar com as mãos no bidê. Falou que ia enfiar aquele troço no meu bumbum, que ia doer, mas que era pra eu nunca mais deixar ninguém fazer aquilo, muito menos querer.

Um pouco já mais velho, eu ouvia umas discussões atrás da porta trancada à chave ele falando dos riscos da minha mãe continuar deixando, e até incentivando que o filhinho dela, no caso eu, ajudasse nos serviços, lavando a louça, ou passando aspirador de pó, ou limpando os vidros. Ela respondia que não via nada demais, fazia descaso. Daí meu pai encerrava o papo e saía profetizando que, se ela não tomasse cuidado, o menino, no caso eu, ia acabar virando veado.

Nos jantares e almoços, lembro que minha mãe sempre soltava no meio de um assunto, talvez tentando cumprir com sua parte ou livrar-se de alguma culpa, que o maior desgosto pra um pai, na vida, era ter um filho fresco ou uma filha puta.

Mas foi na varanda da casa em Arujá que a coisa ficou clara de vez. Balançando numa cadeira de palha e folheando uma revista de esportes, meu pai me disse que achava importante que eu fizesse uma atividade física pra ajudar na bronquite e na coluna torta, revelada num exame de raio x. Eu concordei e sugeri voltar pra natação. Ele respondeu que não, que achava melhor eu escolher uma luta, tipo judô ou caratê, que era pra eu aprender a ser mais macho e valente, saber me defender.

Matricularam-me na academia Judô & Caratê Ono, na avenida Brigadeiro, a três quadras de casa. Me compraram um quimono e pagaram caro pela faixa branca.

O aquecimento pra aula era um tipo de pega-pega, no tatame. Pra escapar do pegador, valia derrubar usando qualquer golpe que tivesse aprendido.

Desde muito criança eu sabia estufar a barriga de um jeito que ela ficava enorme, gigante mesmo, redonda e dura. E mesmo com ela assim, estufada, eu podia falar normalmente, sem precisar esvaziar. Todo mundo na escola ficava impressionado e achava muito engraçado, então, pra me enturmar no judô, sempre que alguém ia me tocar no pega-pega eu deitava no tatame, abria o quimono, enchia o barrigão e pedia pra não ser incomodado porque estava grávido.

Um dia, meu pai me chamou pra uma conversa séria.

Me levou pro quarto dele, trancou a porta, nem agachou pra ficar da minha altura e perguntou, de lá de cima, se eu gostava do treino e respondi que sim. Daí quis saber então que história era aquela de deitar no chão feito menininha. Entendi. Ele devia ter dito pro sensei que achava que eu ia virar fresco e pedido pra me vigiar, pra contar qualquer suspeita. Daquela traição, escorreu uma lágrima. Quis, de coração, dizer que aquilo era só uma brincadeira, que ele podia ficar tranquilo, que eu não era veado nem fresco. Mas estava me sentindo tão triste e enganado por meu pai, pelo sensei espião, que não deu vontade de dizer foi nada. Então, não disse.

Ele abriu a porta e me deixou sair pro meu quarto.

Por mim, tudo bem nunca mais deitar no chão e fingir de grávido. E também tudo bem não ajudar mais minha mãe a lavar a louça, passar aspirador e limpar os vidros.

Por mim, tudo bem.

XXXV

Felizes até que a morte os separasse, Jackson e Jeanete foram viver num dos apartamentos do edifício Cristal, na alameda Jaú, quase esquina com a Augusta. Imóvel comprado pelo pai da noiva, filho do homem com quem Sucher percorria casamentos e bar mitzvahs, recolhendo em cofres de azul metálico o dinheiro que o KKL destinaria para verdejar seus bosques judaicos.

Jeanete, acostumada como era às regalias de uma vida desde sempre confortável, incentivada pelo progenitor, dono de um invejável tino para desatar confusões, questionava na Jaú a maneira como eram feitas a contabilidade e a administração da Ciocler e Ciocler Confecções. Não achava justo, por exemplo, que cada um dos irmãos retirasse do caixa o montante que quisesse. Primeiro, porque Boris e Meire tinham já três filhos e duas babás àquela altura, depois, porque pagavam ainda o aluguel, coisa que ele, Jackson, não fazia, já que o apartamento fora dado por Mendel. Sem falar nas viagens para Campos do Jordão, ou para a praia, que Boris e Meire adoravam fazer em família e que ela, Jeanete, não queria imitar, só para tornar assim mais justa aquela divisão monetária totalmente arbitrária e rudimentar. Toda semana, Jeanete cobrava do marido uma conversa com o irmão, na qual explicasse que o correto, o moderno e o justo seria que chegassem num valor comum, um que atendesse às necessidades de ambas as partes, e fosse esse o montante que cada um tiraria por vez ao final de todo mês.

Do outro lado da cidade, Meire reclamava com seu amado. Era uma injustiça que eles dois carregassem nas costas o peso inteiro daquele fardo. Jackson a vida toda saiu mais cedo do expediente, primeiro para as aulas do cursinho, depois para o CPOR e agora para a faculdade, que dizia exigente. Jeanete, bom, sabe-se lá por que se recusava a trabalhar. Toda semana, Meire cobrava do marido uma conversa com o irmão, para que o convencesse a ajudar no fechamento, ainda que com isso se atrasasse um pouco, e também com a mulher dele, para convencê-la a cooperar, assim como todo mundo fazia, afinal, o negócio era da família. Se a cunhada quisesse, ensinaria, de bom grado, tudo o que sabia.

Não demorou muito para que começassem a ganhar corpo, cores e texturas as desconfianças de que nem todo o dinheiro que sobrava nos finais de semana fosse realmente devolvido na segunda para o caixa. Decidiu-se, então, de comum acordo, que o melhor para a saúde financeira e emocional daquela bagunça seria mesmo que decidissem um valor comum a ser retirado por mês e que com esse montante, e apenas esse, fossem pagas as contas pessoais e as regalias que cada um assumisse. O que sobrasse depois de pagas as despesas da loja seria depositado num fundo de reserva, antes que sumisse.

Feitas as contas em calculadora e computados os resultados em papel, foi que apareceu o tamanho do rombo. A Ciocler e Ciocler Confecções estava falida.

Mendel correu em socorro à filha e marcou encontro com o irmão do genro. Primeiro consolou-lhe o choro, antes de oferecer comprar sua parte. Afogado outra vez em mar salgado e morto, Boris respondeu, absorto, que fizessem com ele o que bem quisessem.

Diante de Sucher, Mendel repetiu sua proposta. Recebeu como resposta a máxima inquestionável de que em hipótese alguma faria, como nunca fizera, distinções financeiras entre os dois. Se fosse para vender a parte de um, que se vendesse então a sociedade. Para sustentar filho adulto, ele não tinha mais idade.

Mendel voltou para casa de mãos atadas enquanto Boris aparecia bêbado para o pai. Suplicava que o ajudasse, comprando para ele a parte do irmão. Afinal, Jackson se formaria dentista cirurgião, teria um diploma, poderia conseguir um emprego... Mas Sucher, justificando com a máxima inquestionável de que em hipótese alguma faria, como nunca fizera, distinções financeiras entre os dois, respondeu que se fosse para comprar a parte de um, que se vendesse então a loja toda e fosse o dinheiro repartido. Era o máximo que faria, depois de ver, desgostoso, seu patrimônio destruído.

Não foi difícil vender o ponto.

Na divisão das partes, Sucher descontou de Boris os custos que tivera com as três maternidades, os salários das babás, das empregadas e os aluguéis do apartamento onde moravam, para que justiça financeira fosse feita com o outro. De Jackson, descontou o material escolar e as mensalidades pagas pelos dois anos de cursinho, para que justiça financeira fosse feita com o primeiro.

Naquela noite, os filhos choraram feito as crianças que eram no colo de suas esposas.

A briga entre os irmãos e as cunhadas foi feia, com acusações duras. Incluíam desvio de dinheiro, gastos propositadamente excessivos, incompetência e até roubo de mercadoria.

Sem enxergar chispa que fosse no fim do túnel, Meire pediu ajuda aos primos Mario e Israel, que, aos nervos, lembrou sabedores daqueles assuntos. Foram os primos ao encontro agendado com Sucher, quando puderam falar do desespero da sobrinha e questionar o fato de ela ter trabalhado tantos anos como cortadeira e atendente sem ter recebido salário. Além, claro, de acusar a injustiça daquela divisão absurda, uma vez que não foram contabilizados os tantos anos em que Boris trabalhara, também sem remuneração, antes da entrada do irmão. Sucher não emitiu palavra que não fosse "adeus".

De volta, Mario e Israel pediram desculpas pela fracassada tentativa. Só o que disseram à condoída foi que nunca se viu criatura assim, tão vil.

No final daquele ano, Jackson formou-se em odontologia.

Boris tentou suicídio com o gás de cozinha.

XXXVI

Tinha sábado que era todo mundo dormindo na casa do zeide.

Depois do jantar, meu pai me metia no banco de trás do carro junto com a minha irmã e uma sacola com roupa, e me levava pra lá.

Os filhos do tio Boris, era o próprio zeide que buscava.

A casa dele não era uma casa legal de dormir. A única coisa que tinha pra fazer era pular pela janela do quartinho, pra dar no terraço onde tinha o barbante que minha avó usava pra pendurar roupa molhada. Na minha casa, não podia pular pela janela. Mas ali tinha um quintal só dele. Se alguém, de qualquer outro apartamento, jogasse qualquer coisa do alto, caía no quintal do zeide.

Eu também gostava de ver a agulha da máquina de costura subir e descer conforme minha avó ia apertando, pra frente e pra trás, o pedal de ferro entortado. Fora isso, era ver televisão na sala. Mas naquela hora não passava nada pra criança, só coisa chata.

Os filhos do tio Boris eram meus primos. Eu só encontrava com eles no Macabi, nos aniversários, na sinagoga, no Pessach, no Yom Kipur e, óbvio, naqueles sábados que era todo mundo dormindo na casa do zeide. Eram quatro. A Sandra Helena, a Rocheli... O Marcelo, eu achava engraçado. Toda vez que eu ia na casa do tio Boris ele tava deitado no sofá, enrolado quentinho num cobertor, vendo televisão. Na casa do tio Boris tinha um piano e um relógio cuco. Meus pais me contaram que o maluco, um dia, brincando de ser Super-Homem, pulou da janela do quarto no segundo andar, achando que ia voar, e quebrou as duas pernas no chão do térreo. Era engraçado, o Marcelo. Ele era quieto, que nem eu, e, de repente, soltava uma piada que fazia todo mundo rir, que nem eu. A Priscila era ruiva.

Minha vó Pina enchia o chão do quartinho de colchão. Depois punha lençol e travesseiro, e todo mundo deitava junto e apertado. Eu demorava pra dormir porque era muito calor. E também porque tinha saudade.

O zeide acordava às sete em ponto. Dava um beijo em cada um e dizia bom-dia, com voz cantada e tremida de zeide. Enquanto a gente acordava e ia fazer xixi e escovava os dentes e trocava de roupa, ele descia de camiseta regata na padaria e voltava com um pão comprido quentinho dentro de um saco.

Quando a gente chegava na mesa quadrada da cozinha, encontrava o pão já todo cortado e com manteiga em cima. Minha vó vinha com o leite fervendo e colocava no nosso copo com Nescau. Os copos da casa do zeide eram diferentes dos copos de casa. Tinha que passar o leite sempre pela peneira e depois ficar mexendo com a colherinha pra não criar nata, senão tinha que fazer tudo outra vez. Meu zeide não mexia o dele, de propósito. Ele pescava a nata com a colher e depois punha em cima da manteiga do pão, pra comer. Todo mundo gritava de nojo.

Às oito, a gente descia pra garagem, aguentando o peso da mochila cheia de pijama, toalha, roupa de entrar na piscina e cueca limpa, e o zeide e a vovó levavam as sacolas coloridas cheias de potes de comida embrulhados no papel de alumínio.

Todo mundo sentava apertado no banco de trás do carro verde-limão que chamava Ford. Eu, sempre em algum colo. Só minha avó é que sentava no da frente, do lado do motorista. Meu zeide tirava o chapéu, entrava e ligava com a chave. Enquanto o carro esquentava, ele saía, punha o chapéu e ia limpar os vidros da frente, depois os de trás e depois os espelhos do lado. Tirava o chapéu, entrava, guardava o paninho sujo no porta-luvas, saía de novo, botava o chapéu, abria o porta-malas, pegava um balde, enchia com a água da torneira que tinha na garagem, abria o capô e despejava tudo ali na frente. Depois fechava o capô, batia o porta-malas, conferia pra ver se tinha trancado, tirava o chapéu, entrava no carro, punha o chapéu no colo da vovó e a gente partia pro Macabi.

O zeide dirigia engraçado. Muito pra frente, com a cara bem perto do vidro e a direção quase encostando no peito. Toda vez que vinha uma esquina ele buzinava e meus primos morriam de achar engraçado. Toda hora também ele ficava olhando pros dois espelhinhos. Primeiro o do lado dele e depois, rápido, o outro. Pro que ficava em cima, ele não olhava nunca. Quando virava a cabeça pra trás pra ver se vinha carro, meus primos gritavam pra ele olhar pra frente e davam mais risada ainda. misturada agora com alívio.

Como a gente chegava cedo, sempre tinha lugar na garagem de cima, então eu não ouvia o Ford rodar nas pedrinhas do chão de terra do outro estacionamento. Como sempre, primeiro a gente dava o número de sócio, depois subia as escadas, ia até o fundo, pegava as cadeiras no departamento que pegava cadeira, fazia uma roda na grama e colocava a comida embrulhada em cima da toalha esticada. Deixava tudo tampado, por causa das formigas.

Meus primos se trocavam no vestiário e iam correndo pra piscina. Eu ainda não podia ir.

Meu zeide sentava na cadeira, tirava o chapéu e botava no joelho, abria um saco de plástico que ele usava de sacola e tirava um dicionário de hebraico.

Eu ficava sentado na grama, olhando pra ele.

Meu zeide aprendia palavras novas enquanto esperava pra encontrar meu pai.

XXXVII

Quem tirou os irmãos da merda foram os mais improváveis, como costuma sempre ser. No caso de Boris, além do primo distante em tantos graus, Arão, dona Maria foi personagem crucial.

Maria foi achada no cabelereiro por Cecilia. Lamentava em voz alta para a freguesia metida em secadores, com seu desolado sotaque português, que era uma desgraçada. Mesmo tendo guardado no banco um bom dinheiro, fazia já uma semana que dormia ao relento. Fora só o pobre filho morrer, derrotado de doença, para a desalmada da nora vender a padaria da família e expulsá-la de sua própria moradia.

Cecilia aproximou-se cordata da infeliz e contou sobre a sobrinha de nome Meire, grávida já do terceiro filho, que andava à procura de alguém de confiança que pudesse dormir na residência para manter em ordem a casa e prestar uma assistência.

Dona Maria ajoelhou-se aos pés da santa e disse sim com mãos para os céus. Agradeceu primeiro à dona, depois a Deus, e se benzeu. Juntou suas poucas coisas, alguns trapos e comida, e despediu-se uma a uma das emperiquitadas, seguindo sua salvadora até a casa prometida.

Tomou conta de Sandra Helena, da pequena Rocheli, limpou banheiros, sala, quartos e cozinha, lavou roupa, louça e vidros, varreu chão, lotou a geladeira com guloseimas que comprava de presente com dinheiro próprio na venda de seu Antônio, emprestou algum para os patrões quando a situação apertou e viu nascer ali Marcelo, a quem chamava de seu "pinto d'oro" enquanto enrolava o menino em cobertor e servia-lhe no sofá uma gemada com ovos de pata e vinho do Porto.

Quando faliu a loja e Boris ficou sem nada, nada, Meire, mesmo usando seguros métodos anticoncepcionais, engravidou do quarto filho. O aluguel da casa, já não conseguiam mais pagar. Na cozinha, dona Maria chorava os fados que cantarolava, sobrevivendo ao desespero que afogava impiedoso os náufragos à deriva ali na sala. Quando ouviu, numa orelhada de conversa, que Sucher colocara para alugar o sobrado onde vivia, porque queria se mudar com Pina para um apartamento maior na rua Solon, catou a bolsa no canto da pia e foi bater desaforada na porta do pai do patrão. Recebida com surpresa, foi logo dizendo que o filho do homem passava necessidade, seria muito em breve despejado, que, sim, era apenas empregada, mas não ficaria calada e muito menos quieta, as meninas andavam passando fome, e eram, por acaso, as vossas netas:

— Vai fazer muita falta pro senhor o que pretende receber por mês por esta casa? Por que raios não ajuda e deixa os pobrezinhos morarem aqui, para escaparem ao menos do aluguel, até que consigam se reerguer um pouco na vida, ó pá, seu Samuel?

No dia seguinte, foram os tais pobrezinhos que receberam, surpresos, uma visita. Ouviram pasmados da boca do velho, que havia tempos andava sem falar com os fracassados mal-agradecidos, que poderiam, se quisessem, mudar para a casa da rua Oriente até que estivessem um pouco mais estabelecidos.

Um grito português vazou pela porta da cozinha.

Já Arão, primo que acabara de retornar de Israel, onde vendia as rosas que plantava com a esposa, a quem chamavam de Rosinha, tinha aberto fazia pouco uma confecção perto da sua casa, numa rua ali vizinha. Para ajudar o primo, prometeu de presente duas caixas de tecido opala e mais duas costureiras, se ele, por sua vez, conseguisse um local de trabalho e uma máquina cortadeira.

Boris e Meire arrastaram para os cantos os móveis da casa ocupada de Sucher e colocaram no centro da sala a antiga máquina da loja falida, que, por sorte ou precaução, o sábio pedira para deixar de fora na época da negociação. Com o fino tecido que chegou embrulhado em caixas, confeccionaram o que deu em pijamas de criança e deixaram aberta a porta do andar da rua, onde fixaram um papelão com um desenhado de flecha apontando escadaria acima e, abaixo dela, "confecção".

Como a freguesia era insuficiente, Boris decidiu sair às ruas em busca de clientes. A essa altura, acostumado já a não sentir pela vida a mínima graça, e sem dinheiro para as encorajadoras cachaças, voltava para casa todo dia quando entardecia, invariavelmente arrasado, sem ter vendido uma única peça daquela porcaria.

No dia seguinte, era vez de Meire sair à caça, como haviam combinado em revezamento, enquanto Boris cuidava do estabelecimento. Ao contrário do marido, vendia com razoável fluidez aquele pouco que levava. Com o tempo percebeu que, abraçando o esposo em festa, como fazia para comemorar seus feitos, esfacelava ainda mais sua já rasteira autoestima, ao invés de deixá-lo satisfeito. Passou, então, a voltar entardecida, enternecida, com os pijamas intactos.

Por sorte, ou mesmo verdadeiro apreço, restavam ainda outros dos que faziam questão de manter sobre o casal seus olhares prontos e atentos. Simão, o marido daquela Berta – que no porta-retratos esquecido por Sucher sobre a penteadeira aparecia menina ainda no colo de Tsive –, soube por acaso que Mário, o dono da tecelagem As Américas, em Itatiba, amigo de um amigo de um amigo, andava à procura de um funcionário que entendesse de vendas e finanças, e indicou o parente para o quase conhecido. Feita a entrevista do recomendado, ainda que sem compromisso, o candidato foi aceito e imediatamente contratado.

Boris emocionou-se com sua primeira carteira de trabalho assinada. Todos os dias, saía com o carro pela manhã bem cedo e viajava pela estrada esperançosa para o trabalho em Itatiba. Enquanto isso, Meire saía era para a rua, agora livre para vender o quanto pudesse em mantas de tricô, depois panelas e, por fim, sapatos.

Dona Maria ainda cantarolava na cozinha. Mas, agora, sua alegria. À tarde, andava, embalando no colo a recém-nascida ruiva, a quem chamaram de Priscila.

XXXVIII

No caso de Jackson, o improvável foi Edemar. O falastrão, dono das malharias Haruk, vendeu por anos para a Ciocler e Filho Confecções e renovou depois contrato com a sociedade dos irmãos.

Chamou o amigo num canto e ofereceu-lhe um lote de sua mercadoria, para que saísse para além daquele velho Bom Retiro, à procura de novos estabelecimentos, onde o cabisbaixo diria confiante que o proprietário não se arrependeria, aquelas boas malhas trariam bons rendimentos. A cada negócio fechado na rua, dividiria a mesma comissão que levaria se a venda fosse apenas sua.

Outra opção, para Jackson, não havia.

Andou por quase toda São Paulo carregando no ombro uma pesada mala de couro atochada de malhas, uma a uma envelopadas em plásticos rangentes, e fez questão de parar diante de cada estabelecimento que parecesse promissor. Enquanto da calçada os olhos apertados do sol vasculhavam os interiores indecisos, Jackson ia se arreando pouco a pouco, cedendo à convicção que lhe crescia no peito de que ninguém ali dentro se interessaria. Voltava ao entardecer de todo dia para entregar a Haruk a bolsa ainda cheia e corria para catar o ônibus a tempo de marcar presença nas aulas restantes da turma de formandos do curso de odontologia.

Elaine esteve presente na formatura do pai. Como a festa foi festada em dia útil, de semana, e não foi fraca, Jackson não teve tempo para ficar na cama, sofrendo da ressaca. Saiu cedo, de manhã, ainda tonto, para apanhar todo enjoado outro lote empilhado, que carregaria embrulhado.

Descendo a pé da Paulista pela Brigadeiro Luiz Antônio, reparou num anúncio, colado pelo lado de dentro de uma porta de vidro, que dizia haver no primeiro andar uma sala comercial para alugar. Com a autorização do porteiro, subiu as escadas da recepção até a sala em exposição. Parou diante da porta e enfiou no entreaberto o braço, tateando na parede escura um interruptor que iluminasse o espaço. Premeu o botão que encontrou pela frente e viu acender a fluorescente, que piscou um pouco ainda fria, antes de acender. Fechou atrás de si a porta, até que ouvisse prender o lingote.

A sala apareceu-lhe espaçosa e, por ter funcionado ali por último um escritório, conforme informou na entrada o zelador zeloso, era toda ela entrecortada por divisórias de madeira, decoradas com vidro fosco. Algumas até fechavam com portas de maçanetas e seriam ideais para isolar, por exemplo, a sala de estar, com sofás, poltronas, plantas e revistas sobre um móvel com gavetas. À direita, ficaria a mesa da recepcionista; lá dentro, outro banheiro, menor; um cubículo quadrado para a sala de revelação do raio X; e, no fundo, de frente para a janela, lógico, o lugar ideal para o equipamento odontológico.

Jackson voltou para casa decorando a imaginação com móveis bem quadrados, retos e, de preferência, pretos. Por telefone anotado do anúncio, descobriu que o proprietário pedia quatrocentos cruzeiros pelo aluguel da sala e que o antigo inquilino estaria disposto a vender as divisórias, caso o preço lhe valesse, além da linha de telefone já instalada, se fosse do interesse.

Jackson pediu ajuda a Jeanete, que pediu ajuda ao pai.

Mendel convidou-se para uma reunião na casa de Sucher, onde sugeriu, uma vez que já havia feito sua parte dando de presente o apartamento onde moravam agora os filhos, que o anfitrião pagasse o aluguel daquela sala na avenida Brigadeiro, para que Jackson pudesse aos poucos reerguer-se e oferecer assim a eles a chance de quem sabe quantos netos. Sucher ouviu calado a proposta e, em resposta àquela desigualdade jogada na cara com o tal do apartamento, assumiu o compromisso de presentear o filho apenas com o equipamento. Ia ser o justo, uma vez que dera a Boris a antiga máquina de corte, para que tentasse também alguma sorte.

Mendel, exímio negociante que era, argumentou não se sabe o que, uma vez que fechou nessa hora a porta do escritório onde conversavam. Saiu de lá duas horas mais tarde levando consigo a promessa de Sucher de bancar meio aluguel, desde que ele, Mendel, bancasse a outra metade.

Era hora de negociar com o inquilino as tais divisórias e a linha telefônica que seriam tão úteis de deixar, mas cujo preço o carrancudo se recusava em baixar.

No dia 23 de dezembro, com a loja de brinquedos lotada do Natal, deixou a clientela exasperada aos cuidados da mulher e do Papai Noel e foi ao encontro do tinhoso, que o aguardava teimoso na sala com Jackson, para discutir o exorbitante preço que pedia.

Diante de Mendel o homem repetiu, já sem muita paciência, mais uma vez, que pedia dez mil pelo conjunto e não teria mais conversa. Em contraproposta, o velho ofereceu apenas um, para vergonha do genro, que se encolheu. Passado o susto do desaforo, o trombudo até que riu da brincadeira quando disse ao contraído que aquele senhor à sua frente estava de brincadeira. Mendel esperou tranquilo que o homem terminasse o seu deboche e respondeu com placidez que fazia era um favor ao cavalheiro. O interesse era na sala. Aquelas divisórias feias não serviriam em nada para um consultório de dentista, e o custo para desmontá-las e retirá-las, todas, no curto prazo combinado de entrega, por contrato, seria de responsabilidade do sorridente colega.

Murcho, o mal-encarado sacou da maleta um martelo.

Jackson olhou para o sogro e recebeu de volta um sinal para continuar quieto.

Foi o sujeito abrir o braço na ameaça do primeiro golpe contra o vidro jateado para Mendel fazer ecoar na sala um enfático "mil e quinhentos e não se fala mais nisso". E ouvir de volta um "negócio fechado".

Jackson instalou ao lado da porta no térreo uma placa de metal preto fosco que girava no próprio eixo com o vento, graças às suas duas abas entortadas, na qual era possível ler em amarelo brilhoso, se não estivesse rodando enlouquecida, "cirurgião-dentista". Do outro lado, no verso, uma seta de mesma cor, apontando em diagonal para a escadaria que levava ao profissional.

Sem paciência nem pacientes, Jackson usava as manhãs para andar por quase toda São Paulo carregando no ombro a pesada mala de couro, agora sim confiante, e vender as boas malhas Haruk para ajudar no orçamento. Enquanto isso, Jeanete atendia a chamadas telefônicas de gente dolorida do dente à procura do especialista que aparecia em seus livros de plano de saúde, dizendo que o doutor Jackson infelizmente não poderia atender naquele momento porque estava realizando uma complicada cirurgia, que levaria todo o dia, mas que, se fosse do desejo do queixoso, poderia conseguir um encaixe, um horário precioso, para o dia seguinte, se fosse na parte da tarde, porque pela manhã ele já estaria ocupado: é, infelizmente, é mesmo muito requisitado.

Passados seis meses do dia em que atendeu seu primeiro paciente, Jackson pediu, em casa, que a esposa ficasse por perto e telefonou primeiro para o sogro e depois para o pai, como seria certo.

A cada um, antes de mais nada, agradeceu pela confiança e disse que não era mais necessário que pagassem sua parte no aluguel do consultório. A partir daquele momento, graças a seu esforço e trabalho duro, assumiria para si a total responsabilidade financeira pelo sustento da família. Agradeceu mais uma vez pelo estimado empenho antes de repousar no gancho o bocal daquele engenho.

Aos sábados, Jackson levava mulher e filha para visitar os sogros na loja de brinquedos, que funcionava até a hora do almoço. Numa dessas ocasiões, Jeanete, num alvoroço, lembrou que precisava buscar no bairro dos Jardins o bolo surpresa que encomendara para o aniversário da menina na segunda-feira, rápido, com a confeitaria ainda aberta, e sem que a esperta desconfiasse. Jackson chamou Mendel num canto e pediu emprestado o Opala imponente. É que o seu estava parado bem ali na entrada, justificou, e a pequena, com certeza, estranharia sua ausência. Dora intrometeu-se a tempo de não permitir o devaneio, era melhor não brincar assim com a sorte, provavelmente o genro não saberia dirigir um daquele porte.

Jackson meteu-se em seu fusca bege e foi buscar o bolo da filha.

No dia seguinte, saiu de casa cedo, pôs para vender o carro numa concessionária aberta de domingo, no centro, e voltou de ônibus, sorrindo por dentro.

Na segunda, entrou no banco e endividou-se. Partiu para uma concessionária agora Ford, deu entrada num zero bala, e levou na hora o seu Opala.

No sábado, carregou, sereno, mulher e filha para a visita semanal. Sem dizer um "ai", fez questão de embicar de carro novo no rebaixado da calçada pintada, bem em frente à loja Doray.

XXXIX

Como quem vinha da Paulista pela Joaquim Eugênio de Lima não podia entrar na Jaú, meu pai tinha que descer mais um quarteirão, até a Fernão Cardim, subir a Brigadeiro Luiz Antônio e esperar, com o pisca-alerta ligado à esquerda, que parasse de vir ônibus na direção contrária, pra entrar na nossa rua, que chamavam de alameda.

Era domingo e eu, recém-iniciado no ginásio e na Educação Moral e Cívica, versava inteligente sobre a falta de educação do brasileiro quando um carro entrou na contramão daquela Fernão, vindo da Brigadeiro, e passou por nós, que esperávamos obedientes no semáforo vermelho.

— Olha aí! — disse meu pai, engatando dura a ré.

Perseguimos de costas o malfeitor até ele embicar na garagem de um prédio. Freamos a calculada distância com cinematográfica violência e meu pai desceu pra tirar satisfações. Eu, preso como estava ainda ao cinto, achei melhor ficar em segurança. À minha frente, emoldurado, um deserto arborizado, aos sons que penetravam na translucidez daqueles vidros mantidos bem fechados. Eram de gente se invocando, dois sujeitos perguntando se meu pai era polícia pra ficar enchendo o saco por causa de meio quarteirão na contramão e ele respondendo que sim, que era polícia, sim, e que ia levá-los todos presos. Eram sons também de chute seco e de tênis raspando no asfalto.

Eu sabia o que ia acontecer. Ou meu pai ia apelar pro cassetete que deixava guardado no porta-malas, lembrança de seu tempo como oficial do CPOR, ou abriria o porta-luvas e meteria ali a mão, dando a entender que se a coisa não se resolvesse por bem, então...

Escolheu, equivocado, a segunda opção.

Eu já tinha visto ele usar esse truque antes no trânsito, mas sempre com cada brigador sem sair de dentro do seu carro, ficava tudo na ameaça. O sujeito, claro, de tão perto, não acreditou no blefe inocente e puxou meu pai pra rua pelo colarinho do colete que ele usava por cima da camisa acinzentada e social.

Insuflado, eu me libertei e abri a porta. Ia descer.

Pedir pra, por favor, eles deixarem meu pai em paz.

Mas foi eu botar o pé de fora pra aparecer o amigo do outro, me catar pelo zíper do casaco e me botar no chão de costas, com uma rasteira tão rápida e bem dada que eu entendi ali, pelo menos de judô, eu não sabia nada.

Quando ele reparou que eu era só um pré-adolescente, aliviei. Ficou me segurando no chão, por precaução, mas gritou pro amigo parar, que já estava bom. Consegui tombar pro lado a cabeça pra ver meu pai sendo solto. O moço não parou de xingar, mesmo depois de ter voltado pro carro e arrancado, todo bravo.

A gente entrou no nosso. Puxamos cada um o seu cinto e seguimos assim, atados ao silêncio abissal até a segurança de casa.

Na garagem, fomos até o elevador e meu pai apertou o botão com a seta preta virada pra cima, que se iluminou naquele mesmo filete laranja enfraquecido que, quando criança, eu olhava enternecido. Sentimos na cara o vento deslocado pelo caixote que arriava a caminho do segundo subsolo.

Eu não entendia por que meu pai insistia naquelas demonstrações patéticas, sempre desastrosas, de hombridade e valentia, que só serviam pra expor ainda mais sua covardia.

E muito menos entendi por que, em meio à vergonha que eu sentia dele naquela hora, foi sair da minha boca justamente o que eu abominava: de peito cheio, a voz mais grossa do que de costume, disse que eu tinha acertado um belo de um chute no sujeito que me segurava, tão forte que nem sei se eu mesmo aguentava.

E, de tanto que nos reconhecemos, calamos, ainda mais fundo.

Entramos no elevador e nos posicionamos lado a lado. Meu pai tirou o colete azul rasgado e o segurou na mão direita. Apertou o botão do cinco e manteve ali o dedo, até que a porta de dentro fechasse inteira e prendesse o nosso medo.

Na subida, teve tempo de pedir que eu não comentasse nada com a mamãe.

XL

Quando Moiche teve o primeiro derrame, morava já em Santos.

Pina cortava lençóis na máquina dos fundos do que era ainda a Ciocler e Filho Confecções quando foi chamada às pressas ao balcão e ouviu, grudada ao telefone, a aflita notícia urgente da internação.

À noite, as irmãs acompanhadas de seus respectivos maridos reuniram-se de emergência na casa da caçula para as necessárias conjecturas sobre o incerto futuro dos progenitores, já que Moiche deixaria o hospital cheio de prováveis sequelas e, com elas, não conseguiria trabalhar e a velha mãe, claro, não daria conta sozinha do inútil.

A frieza com que eram temperadas aquelas falas afrontava a correção de Sucher, mas ele achou de bom tom não meter sua colher em panela de família alheia.

Ficou decidido que os pais seriam trazidos de mudança para São Paulo, imediatamente após a alta hospitalar, e metidos no Lar dos Velhos, onde Moiche receberia a devida atenção integral, e Filomena, o descanso merecido. As despesas, tanto com o hospital como com a morada dos novos residentes, seriam obviamente divididas entre elas, ou seja, entre os cunhados ali presentes.

No Lar dos Velhos, os ainda não tão velhos Moiche e Filomena foram muito bem tratados e acomodados num quarto de casal disponível e com TV e antena. Souberam, assim que adentraram o cômodo, que seria ali agora o incômodo do resto de suas vidas.

O resto da vida de Filomena, ela ocupava com passeios no jardim.

O homem ocupava o dele com derrames. Foram quatro na frente da esposa.

O primeiro que se recusou a continuar bancando a dispendiosa estadia foi Chaike, alegando simples e absoluta falta de condições financeiras. Foi seguido, um a um, pelos outros seis.

Horrorizado da decisão absurda, Sucher assumiu para si os compromissos com a instituição. Mas, quando soube pela confissão envergonhada da mulher que aquele desprezo tinha justificativa, e se devia ao fato de o safado ter traído Filomena com uma prima, nem assim tão distante, e feito nela um bastardo, entendeu o volume da mágoa daquelas mulheres – cujos irmãos legítimos, os que nasciam varões, morriam pouco tempo após o parto, feito maldição – e juntou-se ao grupo dos revoltados.

O casal foi então incluído no programa de assistência social ao idoso, bancado pela Associação das Mulheres Israelitas Amigas do Lar dos Velhos.

A morte sofrida de Moiche soou para Filomena como um alívio doloroso. Naquela altura, ela já era a residente mais antiga e, de certa forma, renovada, passou a ajudar na cozinha, limpando os frangos que seriam servidos ao lado do arroz, do feijão e da salada. Disseram que assim pagava suas dívidas e sua estadia, sem saber que na verdade era a filha Pina quem bancava sua despesa, com o dinheiro que arrancava escondida de Sucher, cansada que andava de tanta da avareza.

Filomena gostava de ser chamada de Frime, e não quis abandonar o quarto duplo em que vivera desde sua chegada. A solução encontrada pela direção da casa foi alocar ali outra residente recém-enviuvada.

Frime achou simpática a nova companheira, que atendia pelo nome de Eva e carregava aonde fosse, a todo instante, preso numa pequena gaiola, um faceiro periquito cantante.

Eva faleceu antes de seu estimado animal, deixando então Filomena e o bichinho morando sozinhos naquele quarto de casal. Frime passou a caminhar pelo Lar carregando na gaiola o passarinho com seu pito. Para os novos funcionários que chegavam e os bisnetos que nasciam, era a vovó do Periquito.

Quando morreu o companheiro, Frime enterrou-o no jardim.

XLI

Após dezenas de frustradas tentativas, o governo soviético emitiu autorização oficial, finalmente, para ingressar em seu país o requerente. Sucher cansara de explicar, por tantas cartas endereçadas ao departamento, que fora afastado da irmã ainda moça, em 1931, quando emigrou da então chamada Bessarábia para o Brasil, e como a menina fora uma das poucas da família a sobreviver às várias guerras, a motivação tão questionada daquele insistente pedido era simplesmente o desejo de revê-la.

Na autorização emitida em papel governamental, algumas estranhas restrições:

* o encontro combinado com a família não poderia ocorrer em Russiane, conforme solicitado, mas obrigatoriamente na cidade de Atashi;
* viagens intermunicipais e interestaduais eram terminantemente proibidas, independentemente do meio de transporte;
* o tempo máximo de permanência em território soviético seria de sete dias consecutivos, podendo ser abreviado.

Enquanto a carta com a ansiosa novidade viajava para encontrar a irmã esperançosa, Sucher tratou de se adiantar e comprar passagens de ida e de volta. Comprou também presentes para ela, para Buma, para os sobrinhos que ainda não conhecia e para os primos distantes que, com sorte, encontraria.

Em casa, anotou num caderninho o nome completo do destinatário e, ao lado, o valor em cruzeiros que cada pacote havia custado.

A resposta emocionada de Enia continha um perturbador último parágrafo. Sem qualquer sinal que sugerisse rodeio, começava contando que, por anos, o marido havia roubado da fábrica onde trabalhava uma bela quantidade da lista de enlatados em conserva que o lugar produzia, para vender à vizinhança que sobrevivia com a cota comunista. Continuava confidenciando que Buma juntara assim um bom dinheiro, mas não tinha como gastá-lo, e terminava o inciso abusado pedindo, ainda sem rodeios ou sequer metáforas, que o irmão declarasse na alfândega que consigo levava um valor para doar ao parente, tornando assim quentes aquelas notas frias escondidas no colchão da casa, enfiadas uma a uma pelo rasgo feito rente à costura, cuja emenda disfarçava. Na última linha, despedia-se, desejando uma boa viagem.

Sucher queimou no fogo aquela carta perigosa e passou ardendo em febre o tempo que ainda tinha até o embarque. Por garantia levou consigo, na cinta de pano por baixo da ceroula, o valor em dinheiro vivo. Se fosse pedida a comprovação do montante na ida, estaria a salvo; se fosse apanhado com o dinheiro no ato da volta, diria que desistira da doação por motivos pessoais, mostrando que o bolo conferia com o valor declarado pelos meios oficiais.

Sucher passou ileso pela imigração e pelo raio X. Foi recebido com euforia pela família no Grande Hotel, toda ela hospedada e acomodada para a visita ilustre. Para cada familiar apresentado, dava o presente apanhado da mala aberta que fosse o indicado em seu caderninho, e, após uma rápida passada de olhos pelo preço que custara, riscava-o da lista com um tracinho. À noite, pôde escutar em seu quarto, já de banho quente bem tomado, sobre a mãe assassinada e as irmãs desaparecidas.

Sobre o assunto das conservas afanadas no macete, Sucher escreveu num pedaço de papel que só discutiria se fosse por bilhete. Diante da expressão pasmada dos que liam o recado, entregou nova folha escrita, na qual explicava a atitude xiita por desconfiar piamente que nos quartos havia microfones camuflados. E muito provavelmente câmeras, acrescentou em novo aviso. Afinal, não devia ser à toa a exigência do governo de que fosse aquele o local determinado para o compromisso. Buma achou graça da paranoia do cunhado, mas entrou na brincadeira. Pediu emprestado papel e caneta e devolveu ali escrito que se houvesse mesmo uma câmera oculta, o sujeito que assistisse à transmissão devia estar achando muito suspeita aquela transação. E o detrás do alto-falante, o silêncio, deveras instigante. Sucher não achou a menor graça no trocadilho. Despregou, determinado, outra folha do caderninho depois de riscar ali que só aceitaria fazer parte da manobra ilícita se fosse discutida assim, escrita, ou então, o cunhado que se arranjasse sozinho.

Finda a combinação literária, em que tudo foi acertado, Sucher recolheu os bilhetes, queimou-os num cinzeiro usando um fósforo emprestado, e jogou depois as cinzas no vaso sanitário.

Mais tarde, numa conversa particular com Buma, a quem chamou para seu quarto, Sucher entregou-lhe novo papel, onde lamentava a decisão do governo, que julgou brutal, de não liberar a autorização para que visitasse Russiane, sua terra natal.

Como resposta grafada, recebeu do cunhado um rabisco que o colocou em cheque. Se ele quisesse, o levaria de carro até lá. A viagem não duraria mais de três horas, se aliviasse o pé do breque.

Diante do aguçado olhar que parecia vir de um garoto travesso, Buma riu solto. Tomou de volta o caderno das mãos do menino e escreveu, num canto que sobrou pequenino, que muito dificilmente seriam parados pela polícia se estivessem em carro russo. Sucher buscou nova folha em branco e perguntou, confuso, se existia a mínima chance de isso acontecer, e, se sim, o que exatamente deveriam temer. Entregou junto do caderno a caneta para a resposta. Buma escreveu que havia noventa e nove por cento de possibilidade de terem uma viagem tranquila e um por cento de serem pegos, mas isso era apenas uma aposta. Se descobertos, não sairiam ilesos, seriam provavelmente presos.

Passado o tempo máximo de permanência autorizado em solo russo, Sucher despediu-se de todos na porta do hotel. Conferiu num bolso o passaporte e no outro a carteira que usava vazia. Na virilha, a cinta de pano com o dinheiro intocado, que levava consigo aonde ia.

Passou pela polícia do aeroporto e decolou aliviado na cinta de segurança do avião. Pousou ileso em solo brasileiro sem que tivesse pisado na embaçada Russiane. Dos infinitos campos de fumo nunca mais sentiu o cheiro.

XLII

Meus pais não brigavam muito um com o outro. Tá, minha mãe às vezes cismava de ficar futicando numas carnes vivas. Não só nas dele, nas de todo mundo. Quase sempre na hora do almoço. Sempre na nossa frente. Mas como ninguém gritava a dor, só ficava emburrado mesmo, e com isso ela se divertia; brigar, brigar de verdade, ninguém assumia que era o que queria.

Fora da mesa, de todas as manias de provocação com que minha mãe se lambuzava, a que eu menos achava gosto era quando meu pai descia do carro pra, sei lá, comprar remédio na farmácia e ela ficava apontando pela janela como ele rebolava. Queria que eu risse junto. Mas eu não ria, não. Também não gostava de quando ela debochava do ciúme que ele tinha de um sujeito que a gente não fazia ideia nem quem era, mas tinha aprendido desse sempre que dizer o nome, não podia. Fora isso, e quando meu zeide vinha em casa e quando meu pai errava o caminho, eles não brigavam muito, não.

Um dia eu levei uma advertência na página vermelha da agenda da escola por "bagunça na fila para o recreio". Uma injustiça, aquilo. Quem tava bagunçando não era eu, eram o Pizza e o Borguinho. Mas não adiantou nada eu tentar explicar. A morah pediu a agenda que tava toda em branco e carimbou, só pra estragar.

Os carimbos nas páginas vermelhas eram umas coisas terríveis. Você tinha que levar pra casa e pedir pros dois pais assinarem. Se levasse três, era suspenso. Toda segunda-feira, tinha que mostrar a agenda pro Abelardo, a não ser que fosse feriado, pra ele conferir se tava limpa. Se encontrasse uma advertência ainda não assinada, o aluno não entrava na escola, e tinha que esperar a mãe na escada, do lado de fora.

Da primeira lembrança que eu tenho de mim, só lembro que eu tinha quatro anos. Mais nada. Da segunda, eu lembro que tinha seis e brincava sozinho no chão do térreo do prédio Marajoara. Minha mãe tava sentada no banco, atrás, do lado de uma mulher, eu não sabia quem era, mas que não parava de reclamar do próprio filho. Que era bagunceiro, respondão, malcriado. Lembro que ouvi minha mãe dizer que eu era diferente, que eu era o oposto, educado, doce, e que ela tinha certeza de que nunca na vida eu ia ser capaz de dar algum desgosto. A mulher riu. Falou que isso era por enquanto, que era só esperar eu crescer pra ver. Minha mãe me defendeu, respondeu que tinha certeza de que não ia ser daquele jeito, eu ia ser pra ela sempre um filho perfeito. Eu, agradecido, prometi dentro da minha cabeça que sim, que ela podia contar comigo, que eu seria mesmo sempre assim. Dava então pra entender por que aquela advertência por mau comportamento era pior que um pesadelo, eu tinha traído nosso segredo, ainda que o mau comportamento não tivesse sido meu.

Injustamente carimbado, fiquei andando de um lado pro outro no quarto, antes de sentar pra ser devorado no almoço.

Arranquei da agenda a maldita folha mentirosa e soltei ela esquecida pelo vão que sobrava entre a escrivaninha e a parede. Só que, pra meu desespero, minha irmã me chamou no canto dela uns dias depois e me ameaçou. Disse que, se eu não contasse pros nossos pais em uma semana que tinha arrancado fora a advertência, ela mesma ia contar e aí... De duas, uma: ou ela tinha aberto minha agenda e, sei lá como, descoberto, chatonilda, a falta, ou pior, tinha era xeretado o vão da escrivaninha, procurando por alguma coisa secreta, que fosse minha.

Pela primeira vez pedi um encontro com a psicóloga da escola, a dona Helena. Ela sentou comigo num canto do pátio, enquanto eu via o resto se divertindo com o recreio, e quis logo saber por que eu tinha pedido aquela conversa e parecia tão assustado.

O que eu tinha ensaiado no quarto, sozinho, era contar pra ela que, mesmo sem saber direito por que, eu sentia muito medo dos meus pais. Eles não eram bravos, nem brigavam muito comigo, porque eu nem merecia, mas mesmo assim eu tinha e, por isso, não conseguia falar com eles tudo o que eu queria. Pensei em pedir pra ela me ajudar e contar junto o negócio da agenda que eu tinha feito ou, sei lá, até melhor, se pudesse contar só ela, sem mim... seria um jeito.

Mas, como na frente da dona Helena eu não consegui falar foi nada – na frente não, foi do lado –, ela quis saber por que é que eu tinha pedido a conversa se agora ficava assim todo calado. Aí, desabei no choro.

Ela esperou um pouco e depois me perguntou com uma voz bem tranquila, de amiga, o que eu achava que estava acontecendo comigo. Eu tentava responder, mas não conseguia. Era estranho. Ela ficou esperando, calma, e acho que ia ficar esperando, calma, até o final do recreio se eu não dissesse nada. E aquela calma foi me deixando nervoso, porque ela não falava também e eu me espremia e queria só sumir, mas aí deu certeza que se eu não fizesse nada, ia durar pra sempre aquilo, e eu não ia mais conseguir sair, então, do meio do soluço mesmo, soltei bem alto que eu tava com medo, caramba.

Ela quis saber do que exatamente, mas aí já era demais. Outra vez, ficou esperando, tranquila, e depois me perguntou se meus pais estavam brigando muito. E eu disse que sim. Na verdade, não disse nada, só balancei a cabeça que sim. Ela perguntou se eu estava com medo que acontecesse alguma coisa. Não entendi do que tava falando, mas concordei com outro balanço. "Medo deles se separarem?", ela arriscou. Eu não tava com medo dos meus pais se separarem, eles não iam se separar. Mas era muito insuportável aquilo, então, pra me livrar, eu disse um "sim". Ela me abraçou, enxugou com os dedões suados as minhas lágrimas todas e depois disse pra eu não me preocupar, que ela ia marcar uma conversa com meu pai e com minha mãe.

Na nossa despedida, quando me deu um abraço, eu tirei do bolso da calça a página vermelha dobrada e disse que também tinha um outro assunto. Ela pegou a folha, desdobrou, viu o que era e, mesmo assim, rasgou. Depois me deu um beijo e disse pra não me preocupar e ir brincar. E eu fui.

Não sei o que a dona Helena disse pros meus pais na reunião que a secretária da escola marcou e mandou avisado num papel grampeado na folha verde da agenda. Só sei que no almoço daquele dia, e em todos os seguintes, não teve mais sarro, provocação ou futicamento em carne viva na mesa, pra minha alegria e pra cara de tacho da minha irmã que, sentada na minha frente, mesmo sem dizer nada, jurava pra mim que se vingaria.

XLIII

Descobriu-se, após exame de endoscopia digestiva baixa seguido de biópsia, um agigantado tumor maligno na base do estômago, elucidando-se assim a causa das dores intensas e do refluxo incômodo.

No consultório, o diagnóstico do doutor Arnaldo era irrefutável: se não o operassem imediatamente, o tumor acabaria por obstruir a entrada do intestino grosso. As dores ficariam cada vez mais penosas, o que conseguisse ainda digerir seria expelido em parte pela boca, acabaria em carne e osso.

Sucher recusou-se a passar por intervenção cirúrgica. Justificava a teimosia alegando, de mal humor, que as chances de um homem na sua idade morrer numa mesa de operação eram muito maiores que as chances de morrer por causa de um tumor.

Eu nunca sabia de nada. Só soube que o zeide estava doente e dessa história de se recusar a passar por cirurgia porque virou o assunto lá de casa. Lembro do meu pai sempre nervoso, irritado. O tempo que a vida toda ele tinha usado para cochilar depois do almoço, antes de voltar para o consultório, agora servia para discutir com o tio Boris pelo telefone, sobre a opinião de outros especialistas, enquanto minha irmã, que tinha acabado de entrar na faculdade de medicina, além da de farmácia e bioquímica, exibia seu diagnóstico, insistindo que o nosso compromisso como família era de obrigar o zeide a operar, nem que para isso tivesse que sedar.

Um dia, meu pai decidiu decidir. Marcou uma reunião de emergência e exigiu todo mundo. Sentados numa roda, com as cadeiras tiradas de seus lugares ao redor da mesa, estavam ele, o zeide, minha vó, meu tio Boris, minha irmã e, vai saber por que, eu. E foi ali que, pela primeira vez, vi meu pai falando como se ele é que fosse o pai do pai dele. Estava cheio de uma bonita autoridade e disse que querer morrer era um direito do velho, mas que, como filho, ele tinha também os seus, e um deles era se recusar a assistir ao próprio pai morrer defecando pela boca. Foi bem assim que ele disse, "defecando pela boca". Nunca esqueci o silêncio que caiu naquela sala. O zeide aguentou olhar por um tempo, mas depois baixou, feito o filho que foi. Meu pai levantou da cadeira e, ainda convicto ou embalado daquela autoridade estranha, disse que ia voltar no dia seguinte, às sete da manhã, para levar o pai para a cirurgia agendada no Hospital Santa Isabel. Disse ainda que não queria discussão e mandou a mãe fazer o teimoso esperar por ele pronto, em ponto.

E assim foi.

E foi assim que não morreu meu zeide.

XLIV

Todo jovem judeu que prestasse sonhava em fazer o Tapuz quando chegassem os quinze anos. Fazer Tapuz era basicamente trabalhar por dois meses num kibutz, colhendo laranja, em Israel.

Tinha quem dissesse que o Tapuz servia para despertar na gente uma conexão emocional com a Terra Santa e, quiçá, plantar em nossos corações a semente da Aliá, que era mudar de vez para lá. Para nossos pais, era importante porque despertava a vontade de trabalhar e de se virar sozinho. Mas, sinceramente, o que o Tapuz despertava de verdade era uma ansiedade ensandecida de viver as histórias dos mais velhos, do barato que devia ser ficar dois meses longe de casa, acordar antes do sol nascer, tomar leite tirado da vaca, passar o dia inteiro no pomar, ter que matar galinha pro jantar, conhecer gente nova, do mundo inteiro, almoçar no refeitório comunitário, trabalhar limpando a cozinha e, óbvio, o principal: encontrar com as israelenses mais velhas que, com certeza, iam querer transar.

Justo na minha vez de ter quinze anos, o Gingi, nosso coreógrafo do Shalom, que era todo prafentex, como minha mãe gostava de falar, veio com um papo estranho de achar que a gente tinha que desistir da caretice e inventar um programa diferente, só nosso, para o grupo inteiro viajar junto. Ele até achava legal copiar algumas partes, mas imaginava umas mudanças, tipo que mesmo quem ainda não tivesse quinze pudesse ir também e até quem já fosse mais velho, além de pensar numa turnê.

Todo mundo ficou desconfiado de mais essa do Gingi. A gente porque esperava fazia quinze anos pelo Tapuz e não ia deixar o maluco estragar tudo justo na nossa vez. Os pais porque sempre acharam o Gingi meio maluco mesmo, mas, agora, a maluquice envolvia um tipo de responsabilidade que ele, obviamente, não sabia ter. Mas o ruivo foi pedindo, foi conseguindo umas reuniões, primeiro só com os dançarinos, depois com os pais, uns medalhões, depois com todo mundo e mais a diretoria do clube e, aos poucos, uns foram concordando, depois outros, depois alguns da gente, e eu lembro que fiquei de saco cheio numa dessas porque ninguém conseguia decidir e falei que para mim tanto fazia, já que eu ia de qualquer jeito, com Gingi ou sem Gingi.

No carro, meu pai quis saber como assim que eu ia de qualquer jeito? Falou que eu só estava indo porque ele estava pagando pela viagem graças ao trabalho e sacrifício dele e eu senti vergonha e pedi desculpas e agradeci obrigado, pai.

Depois de muita discussão, ficou acertado, para que todo mundo concordasse, que em vez dos dois meses no kibutz a gente ia ficar só quinze dias. Depois, partiria para uma vivência de uma semana numa base militar de verdade, uns dois dias conhecendo e dormindo no deserto e o resto da viagem usaria para conhecer os pontos turísticos e para as apresentações. Ficou acertado também que na ida ficaríamos dois dias na conexão em Londres, para poder assistir ao musical que o irmão mais velho do Borguinho falou que era imperdível, e que a volta seria também por ali, mas aí sem sair do aeroporto.

Durante toda a preparação ansiosa para a viagem, meu pai ficou soltando umas indiretas e outras bem diretas sobre o tema da virgindade. Ele sabia que eu namorava com a Ilaninha, que ia junto na viagem, mas ficava insistindo que aquela era uma oportunidade rara porque as israelenses, ainda mais as do kibutz, eram liberais e tinham mais idade. Na partida, apanhei na mão a mala gorda das roupas de frio e, na cabeça, além de um gorro, vesti aquela pressão.

O kibutz Bror Hail era o único fundado por brasileiros e estava quase falido. Trabalhei por quinze dias na sua fábrica de pizzas, fazendo croissants murchos. Não colhi ali uma laranja sequer e tampouco conheci alguém que não tivesse vindo do Brasil. Depois da quinzena enfadonha, passamos uma semana numa cidade pequena, cujo nome sempre me escapava, hospedados em casas de voluntários. Eu não sei como nem quem os escolheu. O fato é que teve gente que se deu bem. Outros, nem tanto.

Quando entrei na casa do esquisitão, a primeira coisa que fiz foi abrir a mala e dar para os pais dele, sentados no sofá desde a hora que cheguei, uns pacotes de café brasileiro que falaram para levar de presente porque os israelenses adoravam café. Eles ficaram olhando sem entender o que era aquilo e eu tentei explicar com meu hebraico frouxo que aquilo era café, do Brasil, que eu tinha trazido de presente, mas, quando eles devolveram, entendi que não gostavam.

Na madrugada, acordei assustado com o irmão do cara vestido de Exército, reclamando que tinha um estranho dormindo na cama dele. De dia, graças a Deus, fui para o ensaio.

De noite, depois do banho cansado, meu anfitrião disse que naquele dia ia me levar para um programa bem legal, acho. Fomos caminhando até a casa de um amigo dele, cheia de discos de vinil colados como decoração na parede. No quarto, ele colocou um som e eu fiquei quieto. Depois, veio junto andando um monte até chegar no alto de uma montanha. Os sons e o frio que faziam ali eram daqueles que se faz mesmo no cume de um monte, à noite. Meu novo amigo tirou do bolso o miolo de uma granada, puxou o pino e jogou para longe. A gente ouviu um estouro e eles voltaram rindo para casa.

A semana que passaríamos no Exército prometia ser mais divertida. E foi, até que levei uma bronca do oficial porque apontei a M16 que ele ensinava a montar para um acampamento árabe que ficava ali perto, embaixo. Pedi desculpa. Eu não sabia que era um acampamento e muito menos árabe. Disse que estava só mirando, nem bala tinha, mas ele não quis nem saber.

Durante a turnê, a gente cruzava de vez em quando com outro grupo de dança, do Chile. Tiveram meninas do Shalom que beijaram meninos do grupo deles, e a gente ficou bem puto. A Ilana, eu é que fiz sofrer, procurando, descaradamente, por alguém que pudesse me fazer cumprir o que esperava de mim meu pai, antes que terminasse a viagem, já que no kibutz não tinha rolado a sacanagem prometida.

Na segunda vez que visitei Israel, eu já tinha dezessete. Fui para fazer um curso de liderança comunitária oferecido e custeado pelo departamento de juventude da Hebraica, onde eu trabalhava já fazia algum tempo como diretor de teatro e, mais recentemente, como assistente da coordenação do departamento juvenil.

Outra vez, viajei acompanhado de namorada, selecionada também para o curso, Rosane, com quem tinha resolvido já, graças a ela, fazia tempo, embora bastante rápido, a velha questão que me livraria de qualquer pressão em Terra Santa. Linda, divertida, segura e danada, era, curiosamente, irmã mais velha da Ilaninha, que, naquela época, curiosamente também, namorava meu melhor amigo, ainda o Pudim.

Foram quase três anos apaixonado até Rosane terminar comigo e eu ficar arrasado.

Eu estava quase conseguindo voltar com ela quando o Pudim me chamou para uma conversa séria. Caminhamos pelo meio-fio da calçada que circundava a pracinha ao lado da Hebraica e sentamos de frente um para o outro num banco gelado de concreto. Ele começou me pedindo desculpas por não ter falado nada antes, seguiu dizendo que o motivo era que eu não estava mais namorando, mas que, como agora eu andava falando em retomar a relação, ele, como amigo, tinha a obrigação de me avisar que uma conhecida nossa, que ele não iria dizer nunca o nome, tinha visto a safada aos beijos com um segurança israelense bonitão que estava no Brasil para ministrar um curso de segurança em sinagogas e escolas durante as grandes festas, que era quando elas precisavam de segurança.

— Certeza?

— Absoluta!

Eu não conseguia mais ficar sentado. Agradeci o Pudim, corri com o coração pulando, catei o carro que eu estacionava na casa do zeide Mendel, porque ficava ali bem perto, e dirigi direto até a casa da desgraçada que ficava para os lados de Osasco, no Jardim Continental.

Estacionei tentando uma freada escandalosa, mas o carro morreu antes. Gritei que naquela casa só tinha puta.

A cortina da sala abriu numa fresta com cabeças, depois abriu foi a porta e começou a sair gente, e o pai da Rosane falou para eu me acalmar e tentar maneirar. Eu vi o tal segurança bonitão pela fresta, querendo sair também, e a mãe da Rosane segurando ele. A mais velha veio perto me acalmar e dizer que o sujeito andava armado.

Eu não quis nem saber. Me esgoelei no dicionário de palavrões hebraicos. Vi Rosane e, com surpreendente autoridade, para mim mesmo e para ela, mandei subir no carro para conversar. Ela pediu calma a todo mundo, entrou e eu acelerei tentando fazer cantar os pneus, mas o carro engasgou e morreu.

Completamente enfurecido, correndo pelas ruelas estreitas daquele bairro esquisito, eu brecava com força a cada esquina para fazer Rosane bater com a cabeça no vidro enquanto eu perguntava: "Por quê?", "por quê?", "por quê?". Ela colocou o cinto de segurança, esperou até que minha raiva virasse choro, um frágil, e pediu, por favor, que eu a levasse de volta.

Vomitei por um mês.

Durante o sono, eu via tomar formas uma espécie de ser onipresente, forte, com quem estaria eternamente condenado a competir e a perder. Desperto, acostumava a conviver com ele em mim.

Foi mais ou menos por essa época que fiz na Hebraica uma peça chamada *Equus*. As falas daquele personagem atormentado por um desejo reprimido, eu usava para gritar em segurança as mágoas que brotavam do meu. Agoniado, ele vociferava com seu psiquiatra uma recente descoberta:

— Eu sou igual ao meu pai, não tem diferença, igualzinho!

Um crítico da revista *Veja*, que fora assistir no teatro maior do clube à montagem de *Macbeth*, protagonizada pelo Antônio Fagundes e pela Vera Fischer, não conseguira entrar porque o Fagundes não deixava mesmo entrar quem chegasse atrasado. Sem alternativa para o avançado do horário, resolveu conferir a peça amadora de nome *Equus*, que estava em cartaz no anfiteatro menor e, generoso, escreveu uma linda crítica na revista, em que terminava aconselhando o leitor a guardar na cabeça o nome de um jovem ator promissor, que andava fazendo um trabalho encantador como o perturbado Allan Strang, Carlos Alberto Ciocler. Recortei aquela página de revista, colei numa folha sulfite e juntei na pasta onde guardava, até então, os recortes que saíam na revista do clube.

Cada um da minha família que ia assistir *Equus* me dizia no final, meio de piada, meio sério, que se o zeide Sucher visse aquilo, teria um infarto.

O zeide Sucher nunca foi me ver no teatro.

No final daquele mesmo ano a Congregação Israelita Paulista contratou o diretor Yaacov Hillel e o maestro Carlos Slivskin, que por acaso tinha tocado com sua famosa banda no meu bar mitzvah, para dirigirem juntos um grande musical semiamador que envolvesse a comunidade judaica. Eles já haviam feito algo parecido fazia uns dez anos, quando montaram *José e seu manto Technicolor*, eu assisti quando era ainda pequeno. O projeto tinha sido um sucesso e ajudado a projetar a Congregação no cenário artístico paulista. Agora, queriam repetir a experiência e, para isso, novamente a congregação contratou os dois. A peça escolhida dessa vez foi o musical *O violinista no telhado*, que juntou mais de duzentos inscritos, todos aceitos para o elenco, além de um núcleo de dez atores e cantores profissionais.

Eu fui indicado para fazer o teste para um dos personagens centrais, mesmo sem saber cantar como é preciso saber cantar para se fazer um musical. Acho que foi porque algumas pessoas tinham me visto no *Equus* e me indicaram para o Yaacov. Talvez também o Gingi, que ia ajudar nas coreografias, possa ter reforçado os elogios. O fato é que mesmo não indo muito bem com o maestro, acabei ficando com o papel.

Durante a nossa primeira temporada, no Teatro Cultura Artística, faleceu a atriz Riva Nimitz, que fazia a casamenteira. Até que achassem uma substituta à altura, tarefa nada fácil, escalaram para cobrir o lugar uma das atrizes amadoras que fazia parte do coro. O salário que Riva recebia, acharam justo dividir entre mim, que casava com a segunda das três filhas de Tevie, o leiteiro, e o Dan Filip Stulbach, que casava com a terceira.

Naquela noite, entrei no escuro do palco e fui pago pela primeira vez por isso.

XLV

Na casa de Boris, Sucher comemorava com a família o aniversário do neto quando notou uma pequena tremedeira no bolo em seu prato. Achou melhor sentar.

O filho anfitrião reparou, de longe, no assustado. Aproximou-se da cadeira em que assuntava e perguntou com inusitada candura se o pai tremia era de frio. Sucher respondeu que não, provavelmente tinha comido algo que não caíra muito bem e pediu que o levassem para casa.

E como acordou no dia seguinte ainda trêmulo e tomado por uma extravagante coloração amarelada, Pina ligou preocupada para Jackson, que largou o consultório e levou o pai às pressas ao doutor Arnaldo.

Descobriu-se após exames de imagem com ressonância magnética um tumor do tamanho de uma bola de golfe no fígado do paciente, elucidando assim o tremor no corpo e aquela cor diferente.

No consultório, Jackson ouviu do colega o diagnóstico: o tumor era provavelmente uma metástase do primeiro. Mas, neste caso, infelizmente, de nada adiantaria cirurgia. O melhor a fazer seria manter o pai em casa, medicado pelo tempo que aguentasse. Quando o sofrimento ultrapassasse seus limites, só restariam internação e a sedação, à espera inconsciente da morte.

* * *

Não me lembro de ter sabido nada daquilo.

Minha irmã, formada meses depois do acontecido em farmácia e bioquímica – numa cerimônia em que escolheu o zeide para dançar com ela a sua valsa –, conseguia amostras de morfina na faculdade de medicina, a outra que ainda cursava, usando receitas assinadas por professores caridosos. À noite, visitava o doente para aplicar, em alguma das veias que enfeitavam seu grosso braço, uma dose daquele líquido que fazia aliviar a dor, no tempo que dava pra murmurar que a neta tinha mãos de fada. Adormecia, então, entorpecido, ali mesmo no sofá, no colo da mulher amada, coberto pela luz azulada que vinha da televisão.

Fazia tempo que eu não via o zeide. Andava atarefado com a faculdade, seus trabalhos insanos, o estágio, os ensaios para a segunda temporada de *O violinista*, os do grupo que eu dirigia nos finais de semana para ganhar minha graninha e, ainda por cima, o namoro retomado com a irmã da Ilaninha.

Desmarquei compromissos para visitar o zeide em casa, diante da advertência dura de ouvir que não lhe restava tanto tempo assim de vida.

Na entrada daquele apartamento com cheiro de nata e de quintal, encontrei tristonha minha avó, que me acolheu com um sorriso e seu beijo. Envergonhado, tive tempo de conferir de soslaio a minha foto ainda de pé no porta-retratos da cristaleira, antes de chegar culpado ao quarto fechado.

Meu pai bateu de leve, abriu uma fresta e entrou primeiro.

Eu esperei fora, por respeito.

De onde eu estava, conseguia ver um pedaço de perna vestida com pijama, mas não o rosto, virado para o outro lado da cama.

Escutei meu pai perguntar como estava se sentindo, e o zeide resmungar alguma queixa. Depois, com um pouco mais de volume, desses que a gente usa para falar com o cansaço dos enfermos, quis saber se estava sentindo dor e se andava tomando direitinho seus remédios. Do zeide, ouvi um gemido gasto, que pareceu querer dizer que não tinha entendido direito a pergunta.

— Pai, o Caco está aí fora. Veio te ver.

— Quem? — A voz tremida perguntou fraquinho e aquilo doeu.

— O Caco, pai.

— O Caco?

— Seu neto, pai.

— Não quero que ele me veja assim.

— Pai...

— Pelo amor de D'us, filho, não deixa o Caco entrar aqui.

E eu, por burrice, obedeci.

XLVI

E viu-se olhando para o mar, dando as costas a tudo o que conhecia.

Puxando para conferir do bolso uma minúscula lasca de ouro.

Do alto do navio, olhando o pai, pela última vez, de cima.

Mortos jogados ao mar enrolados em seus pertences.

Máquinas colossais.

Homens de pele preta.

Chapéus largos.

Ruas intrigantes com cheiro de maré mijada.

Risos sem dente.

Srull.

Tsive.

O tapete da mãe estirado no chão do quarto.

O português.

O céu pintado de laranja.

Areia morna queimando nos pés.

Brechas no emaranhado de verde absurdo.

Peixe cru.

Farinha.

Farpas.

Febre.

Buraco.

Dentes.
Ouro.
Bicicleta.
Cavalo.
Baile.
Bela.
Pina.
Urros.
Balança.
O Corso.
Filho.
Baruch morto.
Sure morta.
Enia.
Jackson.
Jacob morto.
Meire.
Jeanete.
Sandra Helena.
Srull morto.
A loja.
O Oriente.
Rocheli.
Marcelo.
Priscila.
Elaine.
Caco.
Íris.
Gab...
D'us?

XLVII

Poucos dias depois de o zeide não ter deixado que eu o visse amarelo, ele foi internado.

O estágio que eu fazia àquela altura numa ótica, depois da faculdade, terminava num horário em que o hospital já não permitia mais visitas. Nos fins de semana, eu ensaiava para a segunda temporada de *O violinista no telhado*, que logo estrearia no Arthur Rubinstein, o teatro grande da Hebraica onde eu pisara, tantos anos antes, pela primeira vez, no escuro de um palco. Assim que reestreasse, eu teria tempo, numa tarde de sábado ou domingo, entre o ensaio que dirigia de manhã e as apresentações mais à noite, para visitar o zeide. Mas, por enquanto, era impossível.

Naquela quarta-feira, quando fui guardar o carro em casa, saído da faculdade para pegar o metrô na Paulista até a estação Liberdade, onde saltava todos os dias para caminhar até a ótica na rua São Bento, minha mãe já me esperava na garagem com o almoço na marmita. Eu o engolia no metrô mesmo, ou então quando chegasse, dependendo do quanto estivesse atrasado. Estranhei a presença dela no subsolo, já que eu é que subia sempre, rápido, para apanhar o rango. A justificativa da esquisitice, ela deu dizendo que estava atrasada para um compromisso.

Na noite daquele mesmo dia, foi a estreia para convidados da nova temporada. Eu não tinha chamado ninguém da família porque todos já tinham visto a primeira versão, e aquela sessão era exclusiva para os sócios da Congregação. Na saída, ali no *foyer*, encontrei surpreso meus pais e minha irmã, vestindo caras de certa piedade por guardar uma notícia que ia me fazer sofrer. Minha mãe se aproximou, me abraçou, perguntou como tinha sido a estreia e eu respondi que bem, embora soubesse que estavam ali por outro motivo. Ela segurou meu rosto e com os olhos marejados disse que meu zeide havia morrido, naquela mesma manhã, mas que, para me contar, haviam decidido esperar. Só depois de terminada a apresentação, disseram, para não prejudicar meu desempenho nem a minha dedicação.

Eu não gostei nada daquilo.

O velório com o caixão fechado foi esquisito, no Lar dos Velhos, onde eu não entrava desde a época da vovó do Periquito. Cumprimentei todo mundo, esperei por um momento solitário e, com a mão repousada sobre o caixão pude chorar e tentar dizer para o zeide o quanto eu o amava.

Sentei numa cadeira de canto triste e fiquei olhando para o caixão ali fechado. Meu pai puxou outra para o meu lado, deteve também o olhar no pai escondido e perguntou se eu sabia o que o tio Boris e ele haviam descoberto, metidos no armário trancado, o que para a gente sempre fora mistério, no corredor do falecido.

Embora estranhasse o momento da pergunta e a maneira feia como meu pai se referia ao dele, respondi que não, que não fazia ideia.

— Além de um tapete velho, sabonetes, filho. Centenas de sabonetes. Tudo ainda na embalagem. A maioria com a data de validade vencida.

XLVIII

A última pessoa a ver o zeide ainda vivo foi Priscila.

A ruiva andava amuada desde que soubera que, nas estatísticas do mais novo e revolucionário tratamento para fertilidade, que prometia altíssimos índices percentuais na chance de gravidez, havia empacado no desprezível grupo dos não merecedores das maravilhas da ciência, mais uma vez.

E naquele 12 de agosto, a frustração nas entranhas pesava ainda mais doída. Antes do almoço comemorativo pelo Dia dos Pais, passou no hospital para visitar o avô. Entre o gelado da mão que apertava, com mais força que supunha, o esqueleto férreo da cama asseada, e a quentura da outra, que segurava na mão do zeide, Priscila chegou perto do ouvido e disse ali, devagar, para que entendesse, que sairia para almoçar com o marido e os sogros, porque o dia era dos pais, mas que logo voltaria, para ficar um bocadinho mais.

Sucher apertou de volta o calor que vinha da neta e quis saber por que parecia assim tão triste. Viu o olho da ruiva despir-se na sua frente e ouviu dela a mágoa de mãe seca, enquanto a sentia acariciar, com um dedão, o dorso envelhecido de sua mão.

Mirando com seus olhos plácidos de azul, Sucher soprou com um fiapo de voz um inédito "eu te amo", e sentiu a ruiva soltar mais de suas águas disfarçadas enquanto lhe beijava a careca. Depois ela saiu, deixando sozinho o avô no quarto. Pelo prontuário médico, Samuel Ciocler entrou em coma vinte minutos depois disso.

Na noite em que se encerrou o luto de sete dias, com os espelhos da casa já todos descobertos de seus véus, Priscila teve um sonho: aprumado, com seu velho chapéu, o saudoso girava à sua volta, pulando com os braços estirados para cima, acompanhado em roda por homens desconhecidos, embora igualmente efusivos. Achando graça daquela festança toda despropositada, ela tentava segurar o avô para perguntar-lhe o motivo de tamanha alegria. Sucher até parecia querer responder, mas se deixava levar arrebatado pela trupe que girava ao seu redor, dançando de braços entrelaçados, cheios de alegria e de suor.

Naquela semana, por duas vezes, Priscila vomitou na sua privada. Na segunda, segurou a vontade do xixi que veio junto e correu para a farmácia decidida a só mijar no teste de gravidez, difícil de desembalar, que comprou ali. O tempo correndo na velocidade de uma frase, como é de seu feitio.

O filho nasceu às vinte horas do dia 12 de maio, exatos nove meses passados da morte de Sucher, naquele 12 de agosto tristonho. O nome, em homenagem, deram Izahar, como se chamava o avô no hebraico.

E acharam que Guilherme fosse uma boa tradução para o português.

Aquele menino gorducho, lotado de bochecha, além do privilégio de carregar do zeide o nome, levaria ainda, de lambuja, um pedaço de sua enorme alma doce.

XLIX

Em 1995, entrei no escuro do palco pela primeira vez como um profissional de fato. O tablado era o do Teatro Popular do Sesi, na avenida Paulista. A peça, *Píramo e Tisbe*, adaptada e dirigida por Vladimir Capella.

O elenco fora escolhido durante uma semana intensa de *workshops* com jovens atores e modelos selecionados por fotos disponíveis em agências de publicidade. No exercício final do teste disfarçado de vivência, que consistia em trazer pronta uma cena de livre escolha, fiz um deficiente prostrado numa cadeira tentando alcançar, sem sucesso, um copo com um pouco de água, e causei no grupo certa comoção, depois de lambuzar os olhos com um bom punhado de Vick Vaporub, sem que ninguém notasse, claro, para fingir minha emoção.

Todo mundo que passou no teste teve salário e a carteira de trabalho assinada. Vinte jovens adultos que carregavam a estranha mania de querer se divertir a qualquer custo.

Numa das festas praticamente diárias, ou melhor, notívagas, em algum apartamento esvaziado de pais, sempre ao som de violões, da nossa cantoria livre, baseado para quem era de baseado, eu lancei para o grupo, metade sentado em roda, metade estirado no chão, num repente, que eu andava era com vontade de me apaixonar. Lavínia, lá do grupo dos deitados, emendou um "eu também" displicente.

Cinco meses depois estávamos, Lavínia e eu, no gramado da praça do parque Trianon, na alameda Santos, em frente aos fundos do teatro, abrindo o resultado do exame que confirmaria nossas suspeitas.

Na sessão, poucas horas mais tarde, na penumbra do palco, com a cortina ainda fechada, ao som do burburinho do público já quase todo assentado na plateia, rezando todos em roda, como fazíamos sempre entre o segundo e o terceiro sinal, Lavínia pediu a palavra e, no volume de cochicho que a situação exigia, disse que ela e eu tínhamos uma surpresa:

— Estamos grávidos!

Não havia muito tempo para o suspense.

Terceiro sinal.

Abraçar aqueles tão amados amigos, um por um, eu só consegui quando terminou a sessão, mas os vi chorando todos durante a apresentação, lindos, olhando-nos incrédulos enquanto tentavam dizer suas falas com alguma concentração.

Foi depois do nascimento do meu filho que comecei a sonhar com o zeide. E também a sentir, vez em quando, sua presença, quando ficava sozinho. Mesmo com a saudade que, na época, me habitava estranha, teimosa e sôfrega, pedia, por favor, que ele fosse embora. Eu não estava preparado, fosse aquilo o que aquilo fosse.

Durante uma turnê com a peça *Salomé*, em Brasília, o elenco resolveu, curioso, assistir a uma sessão espírita conduzida por um médium local famoso. Finda a condução, ele quis conversar individualmente com cada um. Na minha vez, posicionou-se na minha frente e perguntou quem eu via. Bom, eu estava vendo ele. Mas achei melhor não dar vazão à zombaria que nessas horas sempre me batia à porta e tentei então me concentrar. Diante do vazio da minha resposta, ele, procurando me ajudar a acertar, disse que era alguém velho, tentando me mandar um recado. Como ele próprio era já um tanto envelhecido, meio careca, meio com cabelo assim do lado, lembrei-me, óbvio, do meu zeide, e perguntei meio apressado: "Meu avô?". Ele balançou a cabeça num cerimonioso "sim" e disse com voz serena que ele mandava dizer que estava bem onde estava e que aprovava, feliz, as minhas escolhas.

Ok, foi o que pensei.

Durante uma sessão de análise, anos mais tarde, comentei sobre essas presenças que sentia, e meu místico analista perguntou-me sobre o enterro do zeide, que, a essa altura, já era personagem íntimo da nossa terapia. Dei-me conta de que eu não tinha lembrança alguma. Ele sugeriu que eu fosse, então, ao cemitério, rezasse um salmo diante do túmulo e realizasse uma despedida. Desconfiava de que nunca houvera de fato uma.

Numa quarta-feira solitária, eu me despedi do zeide.

Nas sessões seguintes, me surpreendia chorando ainda, sempre que o assunto surgia. E quando um dia, eu deitado num divã, a voz atrás de mim perguntou por que eu achava, minha resposta embargada foi:

É que toda quinta-feira o zeide vinha em casa.

E era quando eu era mais feliz.

L

Meu filho nasceu no dia 2 de outubro de 1996.

Não pude dar em homenagem o nome que queria, porque Guilherme já havia ficado com ele. Mas, se pela tradição, um pedaço da alma do meu zeide não pôde habitar meu filho, pelo menos a ciência cumpriu sua parte no combinado e transmitiu, oculto por duas gerações, o gene recessivo que deu a Bruno aqueles olhos cheios de amor azul.

Não deu tempo do zeide conhecer o Bruno

Não deu tempo do Bruno conhecer o zeide.

Teriam gostado muito um do outro.

O zeide do Bruno não é o zeide Sucher.

O zeide do Bruno é o zeide Jackson.

O zeide Jackson é meu pai.

Não sei se Bruno vai ter um filho.

Se tiver, vou ser para ele o zeide Caco.

E quando o safado vier beijar minha careca de surpresa, vou me assustar muito mais do que ele imaginaria, vou puxar o danado para o meu colo, encher o coitado de cócegas e gargalhadas, depois parar e, olhando bem pra ele com meus olhos pretos e brilhantes, dizer com voz tremida de zeide:

– Meu neto.

Nota do autor

Este livro nasceu de um convite da Editora Planeta. A encomenda: uma ficção que tivesse como pano de fundo a vida, no Brasil, de um judeu descendente de imigrantes.

Tudo o que está escrito nele é uma mentira, embora seja verdade. Qualquer narrativa é apenas uma dentre as possíveis, e foi curioso ver como, nos encontros com meu pai e meu tio, para colher lembranças de uma época que não conheci, ambos escolheram a dos pequenos fracassos para me contar suas histórias e falar da relação com o pai, meu avô. Como meninos voltando de um acampamento, onde o mais excitante tivesse sido o que deu errado.

Foi esse então o fio que teceu *Zeide*. Pequenos fracassos de três gerações de filhos que se tornaram pais. A mania de falar de si apoiando-se em certo tom autodepreciativo é uma mania judaica, desde que temperada com humor, claro.

A ficção serviu de cola para o remendo dos tantos pedaços soltos. Memória, definitivamente, não é o dom dessa família. E também para dar ao sépia dos relatos, quando melancólicos ou desinteressantes, uma cor.

Os nomes dos personagens eu poderia perfeitamente ter trocado por outros, uns inventados, tamanho o descompromisso da obra com a realidade, mas os mantive verdadeiros, não para revelar nada nem ninguém, apenas para que me provocassem afetos reconhecíveis enquanto costurava a narrativa e, assim, pudesse eu também querer brincar de expor alguns bem humorados fracassos íntimos.

A vontade de agradecer nasce com a Marcia Pereira, que foi quem me fez essa proposta indecente, flui pelos personagens aqui retratados, os reais, que me confiaram suas verdades para que eu fizesse delas o que bem quisesse, banha minha companheira, meu amor, Luisa Micheletti, fonte de inspiração, cuidado e paciência infinitos, reflete o rosto de David Tucci, meu analista, que me deu de presente tanta coisa para pensar, inclusive um tapete enrolado, refresca os amigos que me acompanharam nessa travessia, em especial Felipe Grytz, por mais um encontro criativo, dessa vez através de seu lindo e inspirador glossário e deságua na Raquel Cozer, que foi quem cuidou do *Zeide* na editora.

Por último, a vontade de dizer obrigado à Planeta, que fez impresso em papel desse delírio.

Glossário

Por Felipe Grytz, maestro, estudioso e entusiasta da cabala, do hassidismo e da espiritualidade

Bar mitzvah

Em tradução literal do hebraico, filho da obrigação. Cerimônia que marca o início das responsabilidades espirituais de um jovem judeu, podendo ser realizada a partir de seus treze anos de idade. O menino, que desde a mais tenra idade é basicamente sustentado e servido por sua família e parentela, a partir dessa data deve começar a assumir responsabilidades, como servir a sua comunidade. Para celebrar essa data, o jovem estuda para se aprofundar nos costumes e nas tradições religiosas, tornando-se apto a conduzir um serviço religioso judaico e ler as sagradas escrituras.

Chupá

Em tradução literal do hebraico, pálio, cobertura ou toldo nupcial. Durante uma cerimônia judaica tradicional de casamento, os noivos ficam sob um pálio nupcial branco amarrado a quatro pilares ou a bastões, segurados por convidados. Segundo a tradição, a cobertura deve ficar diretamente abaixo do céu ou de maneira que este possa ser visto a partir dela.

Iídiche

Língua falada por judeus da Europa Ocidental, também conhecidos como judeus ashkenazim. Trata-se de uma fusão do hebraico com o alemão medieval, a língua latina, o eslavo e o aramaico, e cuja origem remonta ao século IX. Até antes da Segunda Guerra Mundial, o iídiche recebeu influências das línguas oficiais dos países onde era falado, como Alemanha, Polônia, Galícia, Romênia, Lituânia, Hungria, Ucrânia e Belarus. A língua iídiche utiliza o alfabeto hebraico e serviu de base para uma fértil expressão cultural na literatura, no teatro e na música.

Kadish

Em tradução literal do aramaico, santo. O Kadish é uma prece que está presente em boa parte dos serviços religiosos judaicos. Trata-se de um hino de louvor e exaltação ao nome de Deus, recitado em aramaico até os dias de hoje. Essa reza possui algumas variações conforme o momento em que é recitada. Uma das mais conhecidas é o Kadish dos Enlutados, na qual a pessoa que está de luto louva a Deus, num gesto de reconhecimento de que foi educada de maneira a reconhecer a supremacia divina mesmo em um momento de extrema dor, como a perda de um ente querido.

Kibutz

Em tradução literal do hebraico, agrupamento. Trata-se de pequenas comunidades, principalmente agrícolas e agroindustriais, que se formaram em Israel desde o início do século XX e tiveram um importante papel na formação do país. Tais grupos têm como principais características o coletivismo, a colaboração, a igualdade econômica e a priorização da educação.

Macabi
Clube esportivo fundado em São Paulo, em 1927, por judeus imigrantes vindos principalmente da Rússia, da Polônia, da Romênia e da Alemanha. O nome faz alusão aos macabeus, grupo de judeus responsável pela rebelião que reconsagrou o Templo de Jerusalém após ele ter sido profanado por invasores gregos no século II a.C.

Maná
Porção diária de alimento que, no relato bíblico, surge milagrosamente ao povo judeu durante sua travessia pelo deserto. Acredita-se que o termo é derivado da palavra "mon". Sua origem remonta ao tempo do êxodo do Egito e seria a mesma de "ma hu?" ("o que é isso?", em hebraico). Sob uma perspectiva cabalística, uma pessoa deve transcender seu ego de maneira a rumar para um estado elevado de consciência. Nessa busca de transcendência do ego, representada no Antigo Testamento pela travessia do deserto, "D'us proverá maná". A questão "o que é isso?" reforça a ideia de que, mesmo que não saibamos como, D'us proverá sustento de maneiras surpreendentes se a fé e a busca forem genuínas.

Mezuzá
Em tradução literal do hebraico, umbral, batente. Pequena caixa que é afixada nos batentes das portas de lares judaicos e que abriga um pergaminho com textos que reforçam a ideia de que nossa instância mais interna precisa vivenciar a existência como unicidade (tudo o que existe, existiu e existirá). Quando um judeu beija a mezuzá ao entrar em casa, ele está reafirmando que, naquele lar, a vida é respeitada como manifestação do eterno. A mezuzá também é um apelo à inte-

gridade, fazendo lembrar que a pessoa que entra e a pessoa que sai de casa é sempre a mesma, e não dois seres desconectados.

Morah
Em tradução literal do hebraico, professora.

Mossad
Em tradução literal do hebraico, instituto. Serviço secreto ou Instituto de Inteligência e Operações Especiais do Estado de Israel. É considerado por muitos especialistas como o serviço de inteligência mais eficiente do mundo.

Pessach
Em tradução literal do hebraico, passar por cima. Festividade judaica que celebra a libertação dos filhos de Israel de seu cativeiro no Egito. Pessach é um dos pontos fundamentais da história e do ano judaico, e tem a duração de uma semana. Em uma de suas cerimônias, a família se reúne para um jantar no qual as diferentes gerações recontam a narrativa histórica e celebram a liberdade em meio a diversos rituais, símbolos e comidas tradicionais, como a matsá (pão ázimo). O nome Pessach (*passover*, em inglês) faz alusão a Deus ter preservado os lares judaicos, poupando os primogênitos judeus da praga que causou a morte dos primogênitos das casas egípcias.

Purim
Em tradução literal do hebraico, sorteios. O Livro de Ester narra os eventos ocorridos no Império Persa por volta de 450 a.C. Durante o reinado de Assuero, o perverso primeiro-ministro Haman decreta o enforcamento dos judeus e rea-

liza um sorteio para escolher a data da matança. Por meio da ação de Ester e de seu tio Morderrai, e por intervenção divina, os planos do facínora são frustrados e o povo é salvo. Costuma-se comemorar a data anualmente, até os dias de hoje, com atos de caridade e amor ao próximo. Durante a celebração, é comum as pessoas se fantasiarem, fazerem uma animada leitura da narrativa e comerem um doce típico conhecido como oznei haman.

Quipá
Em tradução literal do hebraico, solidéu. Peça de tecido em forma de abóboda que os judeus usam para cobrir a cabeça como lembrança do temor a D'us. Essa espécie de pequeno chapéu ou boina é um dos principais símbolos da religião judaica.

Rosh Hashana
Em tradução literal do hebraico, cabeça do ano. É o ano-novo segundo o calendário judaico, quando é celebrada a criação do mundo. O judaísmo conta aproximadamente seis mil anos desde Adão.

Seder
Em tradução literal do hebraico, ordem. Jantar festivo realizado em família nos primeiros dias da festividade de Pessach. A refeição possui um roteiro ou ordem cerimonial que reconta, ano após ano, a transição da escravidão no Egito para o milagre da liberdade.

Shochet
Em tradução literal do hebraico, abatedor. É o responsável pelo abate ritual de animais em uma comunidade judaica.

Sua meta é garantir que isso ocorra de acordo com a lei judaica para a alimentação, a kashrut. Daí, se origina o termo kosher ou kasher.

Shofar
Instrumento de sopro feito de chifre de carneiro, utilizado desde os tempos bíblicos em rituais. No ano-novo judaico (Rosh Hashana), cem toques desse instrumento são toados na sinagoga. Acredita-se que o som do shofar tem o poder de despertar a alma daquele que se abre para ouvir e vivenciar sua voz.

Tapuz
Em tradução literal do hebraico, laranja. Programa orientado a jovens judeus do mundo todo, que consiste em uma vivência de algumas semanas em Israel.

Torá
Em tradução literal do hebraico, instrução. É o texto central do judaísmo, a revelação do Sinai, "a boca de Deus nas mãos de Moisés". Também conhecido como Antigo Testamento, Lei de Moisés ou Pentateuco (do grego "cinco volumes"), a Torá corresponde aos cinco primeiros livros da Bíblia.

Yom Kipur
Em tradução literal do hebraico, Dia do Perdão. Trata-se de uma das datas mais importantes, aguardadas e temidas do calendário judaico. Tradicionalmente, os judeus maiores de treze anos fazem jejum completo por um dia, como uma maneira de se aproximar de níveis espirituais mais elevados nessa ocasião em que todos têm a oportunidade de receber perdão e de se arrepender. Acontece dez dias após o ano-novo judaico.

Lista de músicas

"O Trovador", Jair Amorim, Evaldo Gouveia; Odeon, 1965

Csárdás para violino e piano, Vittorio Monti; composta em 1904; gravação de Freddy Martin And His Orchestra; RCA Victor, 1948

"Love Me Forever", Beverly Guthrie, Gary Lynes; RGE, 1957

Este livro foi composto em Fairfield LT Std e impresso pela
Intergraf para a Editora Planeta do Brasil em agosto de 2017